KB167768

재
일
의

연
인

재일의 연인

在 日 の 恋 人

다카미네 다다스 지음

최재혁 옮김

한권의책

차례

3장   바다로

○

이 책으로 한국 독자들과 만나게 되어 무척 기쁩니다.
2008년에 일본에서 책이 나온 이후, 한국판의 출간은 제
꿈이었습니다. 번역을 제안해준 최재혁 씨에게 깊이 감
사드립니다.

어떤 가설에 따르면, 인간은 하루에 7만 번이나 판단을
내린다고 합니다. 그중에는 다른 사람 앞에서 발언하거
나 레스토랑에서 음식을 고를 때처럼 비중 있는 판단 말
고도, 미처 셀 수 없을 만큼 자잘한 것도 있습니다. 계단
을 오를 때 왼발과 오른발 중 어떤 발부터 내디딜까? 노
란색 신호등이 켜졌을 때 액셀을 밟을까, 브레이크를 밟
을까? 정말로 사소한 판단이지만, 그 순간 어느 쪽을 고
르는지에 따라 앞으로의 인생이 180도 변할지도 모릅니
다. 아니, 어쩌면 그때그때마다 실로 중요한 선택을 내리
며 살아간다고 볼 수 있습니다. 이렇게 '무의식적으로 내

리는 소소한 판단'과 '숙고하며 이성적으로 내리는 굵직한 판단'을 비교해보면, 인생에 끼치는 영향 면에서는 실은 그다지 다를 게 없지 않을까, 라고 생각합니다. 인생이란 무수히 많은 분기점과 마주치며 살아가는 것입니다. 아무리 작은 판단이라도 이후의 세계를 좌우할 영향력이 있으며, 선택하지 않았던 판단 뒤에 펼쳐질 세계가 어떨지는 아무도 알 수 없습니다.

작품을 만드는 일을 생업으로 하는 제게 작품이란 순간의 판단이 쌓이고 겹쳐진 결과라고 할 수 있습니다. 순간의 판단 착오가 큰 실패로 돌아오기도 하기 때문에 제작 과정은 실로 긴장의 연속입니다. 하지만 모든 판단이 최선이었다고 보증할 수는 없으며, 그것을 검증할 기술도 없습니다. 다만 우리가 아무렇지 않게 내리는 판단은 아무리 소소한 것일지라도 개개인의 경험이나 가치관과 관련되어 있겠지요. 무의식적 판단은 의지적인 판단에 종속되어 있으며, 판단력이란 훈련이 가능합니다.

저는 한국에 뿌리를 둔 사람과 함께 살아가겠다고 선택했습니다. 아내와의 사이에는 현재 네 명의 아이가 있습니다. 저출산 현상이 심각한 일본에서 자식이 넷이라는 사실은 꽤나 인상적인지, 제 주변 미술가들은 항상 놀라곤 합니다. 아이들에게는 코몬, 니오, 마오리, 유로라는, 일본에서는 거의 쓰지 않는 이름을 붙였습니다. 발음만 들으면 어느 나라 출신인지 쉽게 알 수 없는 이름, 장차 아이들이 어느 나라에서 살더라도 불편함이 없을 만한 이름(지금 일본에서 유행이기는 합니다만)을 아내와 함께 고민했습니다.

책에서도 이야기했듯, 저는 한국과 관련된 작품을 몇 점 제작했습니다. 간혹 대학에서 수업하다가 이 작품들을 소개할 때가 있는데, 그때마다 학생들에게 "어쨌든 한국에 꼭 한 번 가봐"라고 말합니다. 한국을 보는 일이 일본

학생에게 무척 중요하다고 생각하기 때문입니다. 한국만큼 일본과 비슷한 나라는 어디에도 없습니다. 물론 다른점도 많지만, 다른 나라에서 보면 공통점이 꽤 많을 겁니다. 자국(=일본)이 외국에서 어떻게 보이는지, 일본 안에있으면 알 수 없는 자국의 이미지와 객관적인 시선을 한국을 봄으로써 깨달을 수 있기 때문입니다. "외부에서 일본이 어떻게 보이는지를 알기 위해서는 한국을 봐!"라고. 그렇지만 이런 의견에 관해 반감을 가지는 사람도 있을듯합니다. 최근에 이런 경험을 했습니다. 광주의 '아시아문화전당'이라는 대형 문화 시설의 개관전에 일본의 연출가 오카다 도시키(岡田利規) 씨가 초청을 받았고, 제가 무대미술을 담당하게 되었습니다. 오카다 씨는 한국과 일본 양국의 배우를 함께 기용해서 한일이 지닌 공통적인문화인 '야구'를 주제로 한 연극 〈야구에 축복을〉을 무대에 올렸습니다. 그는 시나리오를 통해 한국과 일본을 동등하게 다루면서 두 나라에 야구를 전파한 미국이라는 나라가 항상 양국의 '위'에, '배후'에, 그리고 '내부'에 존재한다는 점을 명확히 밝히려는 입장을 취했습니다. 악화되는 한일 관계 속에서 양국의 정치에 깊이 개입하고 있는 미국을 끌고 들어와 세 나라의 관계를 오락성이 풍부한 야구를 통해 다시금 생각해보려는 아이디어에 저역시 공감했습니다. 그런데 서울에서 있었던 공개 리허설에서 관객 중 나이 지긋한 아저씨 한 분이 "저는 일본과 한국을 나란히 두는 것을 납득할 수 없습니다. 미국에 대해 말하고 싶다는 점은 이해가 돼요. 하지만 일본 역시 한국의 앞과 위, 내부에 자리하여 언제까지나 가로막고 있는 존재가 아닐까요?" 저는 찬물을 뒤집어쓴 듯한 기분이었습니다. 오카다 씨도 마찬가지였으리라 생각합니다. 요컨대 과거의 상처는 여전히 치유받지 못했고, 지금까지 계속 할퀴고 찢고 있다는 현실을 깨달았기 때문입니다. 그리고 미국을 거론하기 전에 아직 이야기해야 할 것이 있다고 생각하는 사람들이 존재한다는 사실을 말입니다.

저는 한국의 독자가 이 책을 어떤 생각으로 읽을지 마냥 편한 마음으로 기대하고 있지만은 않습니다. 불안하기도 합니다. 책에 등장하는 제 아내든, 망간 기념관의 이용식 관장이든, 모두 일본에서 태어난 '재일코리안'입니다. 저는 분명 '재일'과 좋은 관계를 쌓아갔기에 행복한 이야기로 책을 마무리 지을 수 있었습니다. 그렇지만 한국의 독자들에게는 이 이야기가 얼마만큼 현실적인 문제로 다가올지 생각해봅니다. 이 지점에서 제게 필요한 것은 리허설에서 의문을 제기한 아저씨의 시선이며, 제가 맺은 '재일코리안'과의 관계에 안주하지 않고 우리 앞에 가로놓인 '오늘날의 한일 관계'에 몸소 뛰어드는 일이라는 생각이 듭니다. 예를 들면 현재 일본의 우익 정권에 확실하게 반대를 표명하는 일이겠지요.

제가 한국 국적의 여성과 만난 것은(물론 처음 사랑에 빠진 것은 단순히 개인의 취향 문제였다고 말할 수밖에 없겠지만) 완전한 우연입니다. 하지만 우연에서 시작되어 지금의 상태를 유지하는 데는 의지라는 힘을 필요로 합니다. 나와 아내의 배경에는 각각 두 개의 서로 다른 수원지가 있지만, 우리가 함께 바라보는 시선에는 아름다운 호수가 펼쳐져 있습니다. 이러한 이미지를 간직하며 매일을 살아갈 때, 그 이미지가 힘이 되어 하루 7만 번의 판단 중 절반쯤은 우리를 좋은 방향으로 이끌어가지 않을까요? 저는 그렇게 믿습니다.

2015년 9월
다카미네 다다스

○

일본인 남성과 재일조선인 여성이 사랑을 키워가다가 결
혼하고 아이를 낳는 이야기. 한마디로 요약한 이 책의 내
용이다. 나는 이런 식의 책은 별로 읽고 싶지 않다고 생
각했더랬다. 많은 경우 "사랑에는 국경이 없다"라는 뻔한
문구로 정리되든가, 그와는 반대로 문화와 관습, 역사 인
식의 차이 때문에 모두 상처투성이가 되든가, 어느 쪽이
든 그다지 유쾌하지 않기 때문이다. 그렇지만 실제 읽어
본 이 책의 인상은 달랐다. 왜 그랬을까? 생각해보니 저
자가 이야기하는 방식이 '현대 아트'답기 때문이다. 저자
인 다카미네 다다스가 아티스트이기에 당연하다면 당연
한 이야기이겠지만.

여기에서 말하는 '현대 아트'적이란 고정관념에서 자유롭
다는 뜻이다. 성, 문화, 민족 등의 차이에 대해 유연하며,
오히려 그러한 차이를 재미있게 관찰하는 태도라고 말해
도 좋다. 스스로를 높은 곳에 두지 않고, 조금은 낮은 위

치에서 바라보는 시선이 빚어내는 유머 감각도 특징 중 하나라고 말할 수 있겠다.

일본인과 재일조선인이 공동생활을 해가기란 좀처럼 쉽지 않다. 둘 사이에는 지금도 치유되지 않은 '식민지 지배의 역사'라는 단절선이 그어져 있기 때문이다. 이러한 단절을 끌어안으면서도 상대를 지배하는 일 없이 함께 살아가는 '작업'은 곤란함이라는 면에서도, 또한 재미라는 측면에서도 과연 '아트'적이다.

이 책의 주요 무대인 교토 시외의 산촌은 개인적으로도 익숙하며 인연이 있는 장소다. 전쟁 중에 나의 부모는 소작농으로서 그 마을에서 차별과 중노동으로 점철된 하루하루를 보냈다. 저자는 폐광된 망간 광산에서 작품과 씨름하면서 재일조선인이라는 존재, 그들의 역사와 마주하며 연인인 재일조선인 K와 대화를 쌓아간다. 또 한 명의 중요한 등장인물인 망간 기념관 관장 이용식 씨는 나와

비슷한 세대인 재일조선인이다. 이용식 씨와 저자 사이
의 미묘한 거리감을 그려나가는 방식 역시 '아트'적이라
고 생각했다.

모쪼록 한국 독자들도 많이 읽어주셨으면 좋겠다. '일본'
과 '재일'에 관해 이해하기 위해서만이 아니라, 지금 한국
사회에 급증하고 있는 '타자'와의 공생을 생각하기 위해
서도 말이다.

서경식
(도쿄경제대학 교수, 《나의 조선미술 순례》,
《역사의 증인 재일조선인》 저자)

在日の恋人

'베이비 인사동'은 재일코리안 여자 친구와의 결혼식 모습을 찍은 연속 사진과

영상을 글과 함께 구성한 설치 미술 작품의 제목이기도 하다. 2004년 부산 비

엔날레에서 처음 공개되었다.

1장

베이비 인사동

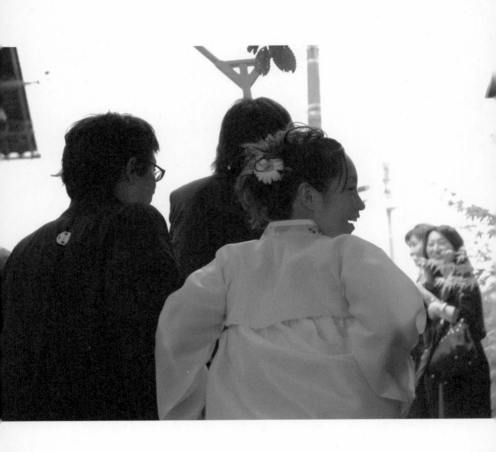

"재일코리안을 향한 당신의 혐오감은 도대체 뭐야?"
K는 물었다. 나는 질문에 대답해야만 했다. 2003년 1월
의 일이었다. 그로부터 1년 후, 그녀는 임신했다.

그 질문은 마치 내가 일본인을 대표하고 있는 듯 나를 몰
아붙였다. 6년이나 사귀었던 나와 K의 관계에서 그런 일
은 처음이었다.

재일코리안에 대한 혐오감. 그녀에게 그런 인상을 주고
말았던 이유는 무엇이었을까? 당혹스러워하며 나는 그
어려운 질문에 답하려 했다. 어떻게든 '나 자신'을 받아
들일 필요가 있었던 것이다.

결론부터 말하자면, 나는 나를 구해준 그 질문에 감사한다. 얼마나 재일코리안이라는 존재를 모르고 있었는지, K가 무엇을 느끼며 살아가는지를 알게 되었기 때문이다. K를 알기 위해서는 재일코리안 1세에 대해 이해할 필요가 있었다. 아니, 실제로는 K의 '아버지'에 대해 말이다.

솔직히 말하자면, 나는 지난 7년간 '아버지'와 만나는 일을 피하기만 했다. K에게서 '아버지'가 일본인과의 결혼은 절대 허락하지 않는다는 이야기를 듣고서 말도 안 된다고 느꼈다. 감정적이라고 생각했다. 나는 그런 식의 감정을 짊어지고 살 수는 없었고, 앞으로도 그럴 필요가 있으리라고 생각하지 않았다.
그렇지만 K는 달랐다. K는 '아버지'의 감정이야말로 살아 있는 역사, 한국과 일본의 역사 자체라는 점, 이를 이해하지 않고는 나와의 관계 역시 성립할 수 없다는 사실을 깨닫고 있었다.

재일코리안 1세가 지닌, 구체적으로는 '일본'에 대한 불신과 혐오, 조국에 대한 애착을 일본에서 태어나 자란 재일코리안 2세가 있는 그대로 느끼는 것은 불가능하지만, 오히려 이를 '열정의 결여'라는 콤플렉스로 가지고 있다. '재일코리안'으로서 불완전한 자신, 순수한 '반대자'로 살아갈 수 없는 자신, 그런 콤플렉스를 고스란히 안고 있는 것이야말로 2세인 K의 현실이며 출발점이라는 사실을 알게 되었다.

재일코리안 1세의 생각을 자신들이 이어가야만 한다는 '부담감', 자신의 현재, 역사에 대한 거리감을 느끼고 곱씹어가며 자신의 '자격'을 거듭 묻는 것, K의 마음속에서는 그런 일이 끊임없이 일어나고 있었다.

사실, '아버지'의 '조국'은 K에게도 똑같지는 않았다. 서울에서 2년간 지낸 후에도 K에게 한국은 내재화할 수 있는 대상이 아니었던 것이다.

예를 들어, 재일코리안에게 월드컵에서 일본과 한국 중어느 쪽을 응원하냐고 질문해보면 알 수 있다. 당연하게 '한국'이라고 대답하리라 생각했다면, 당신의 예상은 빗나갈 것이다. 그 대신, 그 질문이 얼마나 어리석은지 설명을 듣게 될 것이다. 질문한 사람이 일본인이든, 한국인이든, 어느 나라 사람이든 상관없다. 우선 그런 식의 태평하고 안이한 질문에 그들은 난감해한다. 일본이라고 답하든 한국이라고 답하든, 기존의 '재일코리안이라는 이미지'에 그들을 끼워 맞추는 결과밖에 되지 않는다는 사실을 그들은 지겨울 만큼 잘 알고 있다.

그런데 나는 '조국'을 사랑하라는 이야기를 들으며 자라지 않았다. 스스로 일본의 '국가 구성원'이라고 생각한 적도 없었다. 일본에서 거주권과 선거권을 갖고 납세 의무를 지고 있다는 사실만으로 보면 편의상 일본이라는 국가의 구성원일지도 모르지만 말이다.

그렇다면 아무 거리낌 없이 "당신은 어디 사람인가요?"라고 질문하는 것은 어떤 사람일까? 대개 "나는 일본인입니다"라고 자랑스럽게 말할 수 있는 일본인을 표방할 뿐인, 비굴하고 보잘것없는 사람이다.

나는 재일코리안들이 모든 것을 '국가'라는 단위로 묶어두려는 강압에 강한 반발심을 느낀다는 점을 이해하게 되었다. 재일코리안 1세가 일본을 정치적인 타깃으로 삼는 데 비해, K와 같은 2세들은 일본 사회 곳곳에 교묘하

게 도사리고 있는 '무의식으로서의 국가'라는 대상에 더 민감하게 반응한다는 사실을 말이다. K는 이런 식으로 '아버지'의 감정을 자신의 문제로 승화시켰다.

집단 전체가 국가 구성원으로 뭉뚱그려지는 것에 왜 혐오감을 느낄까? 예를 들어 이 상황은 최근 자주 이야기되는 '국익'이라는 말로 집약된다. 평범한 시민이 그토록 부끄러움을 모르는 말을, 사람을 죽이는 핑계에 불과한 이 말을 아무렇지도 않게 입에 올린다면 이미 상황은 끝난 셈이다.

K는 일본에서도, 한국에서도 선거권이 없고, 편의에 의한 국가 구성원으로도 묶이지 않는다. 재일코리안은 원래 '국익'이라는 개념에서 자유롭다. 자신에게 유익할 것 같은 집단을 정하는 데 거리를 둔다. 그들의 정착지는 분

명 국가보다 훨씬 큰 규모의 단위일 것이다. 야만스러운 영토 싸움으로 인해 야만스럽게 그어진 국경선을 믿는 법이 없다. 그렇게 커다란 규모야말로 재일코리안이 가진 이점이다.

K의 임신 사실을 안 '아버지'는 의외로 일본인인 나와의 결혼을 흔쾌히 받아들이셨다. 그는 처음 만난 사위를 어떤 눈으로 보았을까? '일본인'을 보는 것 같은 눈빛은 아니었다. 재일코리안 1세인 '아버지'는 결코 철옹성 같은 분이 아니었다. 딸의 행복 앞에서는 쉽게 마음이 무너지는 한 사람의 아버지였다.
고비를 넘겼다고 나는 생각했다.

일본 대 한국이라는 구도에서 벌어진 상징적인 결혼식에 우리는 이방인을 초대했다. 나자(NADJA)는 천재적인 드랙퀸(drag queen)이다. 예술성은 아무리 괴상해 보이는 사람에게도 사회적 위치를 보증해준다. 그뿐인가? 절대적 이방인이라는 것은 수렁에 빠진 난제를 해결할 수 있는 유일한 존재일 수도 있다.

결혼식에 모인 수많은 친척 앞에서 나자가 춤을 추기 시작했다. 나와 K는 가슴을 졸이며 지켜보았다.

"옛날에, 옛날에, 인간은 여러 가지 언어를 사용했어. '일본어'라는 말을 하는 '일본'이라는 나라가 있었지. 일본은 이웃 나라 조선에 쳐들어가 '조선어'라는 말을 없애려 했어. 그렇지만 일본은 전쟁이 끝난 뒤에도 미안하다고 제대로 사과하지 않았지. 그래서 조선 사람들은 화가 난 나머지 일본을 용서할 수 없다고 했어. 그 상태로 긴 세월이 흘러버렸지.

그곳에 '나자'라는 사람이 나타났어. 나자는 보통 사람과

꽤 다른 모습을 하고 있었고 일본어도, 조선어도 알지 못했어. 처음엔 모두 깜짝 놀랐지만, 나자는 춤을 무척 잘 춰서 나자의 춤을 보고 있으면 이상하게도 모두가 행복해졌어. 그래서 일본 사람과 조선 사람이 결혼할 때, 나자에게 춤을 춰달라고 부탁했던 거지. 그랬더니 식이 정말 멋지게 진행되었어.

나자는 인기가 많았지만 한 가지 약점이 있었어. 그건 말이지, 나자 역시 인간이었다는 점이었어. 스스로를 '신'이라고 생각하고 이방인을 받아들이지 않는 사람들은 나자를 절대 믿지 않았어. 나자는 화가 나서 이 세상에서 사라져버렸어. 'Fuck You!(엿먹어!)'라고 외치면서 말이야. 나자가 처음 입을 열자 큰 소동이 일어났어. 세상 사람들이 그 말만은 이해했던 거야. 그랬더니 하늘이 새카맣게 변하고 휙, 두 개로 나뉘었어. 그곳에서 태어난 것이 바로 너란다."

끝으로, 첫머리에 던졌던 질문을 다시 살펴보자. 내게 과연 '재일코리안을 향한 혐오감'이 있었을까?

'없었다.'

나는 그런 것은 없었다고 생각한다. 그러나 그녀가 그렇게 생각하게끔 만들었다고 한다면 짐작 가는 일이 있긴 하다.

하나는 내가 일본인을 대표하는 듯한 얼굴을 하고, "재일코리안은 대체 구체적으로 어떻게 보상하면 억울함이 풀리는 거야?"라고 생각했던 적이 있다는 것이다. 이런 생각을 하는 한, 일본은 똑같은 과오를 반복하게 될 것이다 (반드시 말이다).

또 하나는 '재일코리안'이라는 상황에 언제까지나 얽매여 있는 K를 보고 어렴풋이 이상하다고 생각했던 적이 있었다는 사실이다. 누구든 '자기 찾기'를 하며, 평생에 걸쳐 진지하게 자신을 찾아야 한다고 생각한다. 그런데도 '재일코리안'이 진지하게 '자기 찾기'를 하는 것이 일본인을 뒤에서 공격하는 결과가 되지는 않을까, 일본인이라는 이유만으로 그들에게 상처 입지는 않을까 하고 공포심을 품는 한 일본 역시 길을 잃을 것이다. 지금부터 '자기 찾기'를 계속해야 하는 것은 오히려 나인 셈이다.

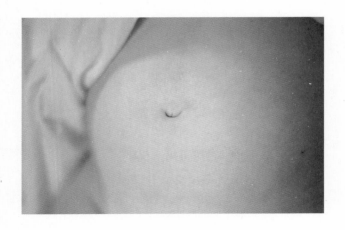

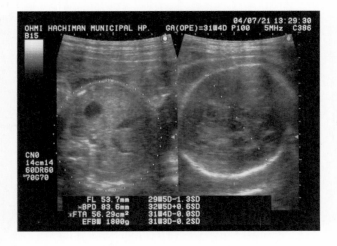

나와 K는 어떤 이방인이 될까?

그리고 우리의 아이는?

아직 이름도 없는 우리 아기. Baby, Insa-dong.

'Baby Insa-dong' (2004), 컬러프린트 · 아크릴패널 · DVD · 액정모니터,
작가 소장 (AD&A 갤러리 전시 풍경)

その質問は、僕に、まるで日本人を代表するように迫った。僕と貴月との関係、6年間もつき合っていたこの関

그 질문은 마치 나에게 일본인을 대표하라는 것 처럼 다가왔다.나와 귀월과의 관계, 6년이나 되는 이 관계에 있

She'd put me on the spot well and truly, as if I should answer on behalf of all Japanese. It was the first time in our relationsh

困惑しながら、僕はその難問に答えようとした。 どうしても「自分」を肯定する必要があったのだ。

곤혹스러우면서도, 나는 그 질문에 대답하려고 했다.어떤 식으로든 "나 자신"을 긍정할 필요가 있었다.

Somewhat at a loss, I struggled to answer her highly charged question. What I really needed was to be sure of my own ident

事実、アボジの語る「祖国」は、貴月にとってはそうでなかった。つまり、ソウルに2年

사실 아버지가 이야기해온 "조국"은 귀월에 대해서는 그렇지 않았다. 서울에서 2년동안 소

In reality, the homeland of which Kwiweol's father spoke was not hers. Even after living in Seou

て、そんなことははじめてだった。　　　在日に対する嫌悪感。彼女にその印象を与えてしまったものは、なにか？

일은 처음이었다.　　　재일코리언에 대한 혐오감? 나의 어떤 말과 행동이 그녀에게 그런 인상을 심어준 것일까?

st time in six years such a matter had arisen.　　　Me not like Japanese Koreans? How on earth had I given her that impression

から言うと、僕は、僕を救ってくれたその質問に感謝している。なぜなら、僕がいかに在日のことを知らなかった

터 말하자면, 나는 나를 구해준 그 질문에 대해 감사하고 있다. 왜냐하면 내가 얼마나 재일코리언에 대해서 몰랐는

In the end, I was grateful for that question, which became my salvation. Because it showed me how little I knew about Japanese Korea

たあとの貴月の結論としても、韓国は、彼女が内在化できる何かではなかったのだ。

그녀가 내린 결론은 한"국"은 그녀가 내재화될 수 있는 곳이 아니었다는 것이다.

years, Kwiweol had concluded that Korea was not a place she was capable of internalizing.

一つは、まるで自分みずからが日本人の代表であるかのような顔をして、「在日はいったい、具体的にどんな補償を

하나는 마치 자신이 일본인의 대표 처럼 보이는 표정을 짓고 "재일코리언은 도대체 구체적으로 어떤 보상을 받으면 만

The first is, I do recall thinking, with the expression of a self-appointed representative of all Japanese, "What on earth do we have to do to make

貴月が何を感じながら生きているかを知らなかったか、そのことを知ったからである。貴月のことを知るには、在

귀월이 무엇을 느끼면서 살아가고 있는지를 알게 되기 때문이다. 귀월을 이해하기 위해서는 재일코리언 1세에 대

how little I knew of how Kwiweol felt as she went through life.   To know Kwiweol, I had to kn

が済むの？」と思った憶えがあること。この発想を続ける限り、日本はまた同じ過ちを繰り返すだろう。（絶対に）

?"라고 그렇게 생각한 적이 있다.그런 발상을 계속하는 이상,일본은 또다시 똑같은 실수를 반복할 것이다.（반드시）

nese Koreans that will satisfy them?" As long as this idea persists, Japan will keep making the same mistakes. Of that I have absolutely no doubt.

とを知る必要があったのだ。・・・いや、実際には、豊月のアボジのことを。

을가 있었다.…아니,실제로는 귀월이의 아버지에 대해서.

first generation Koreans in Japan... Or rather, about Kwiweol's father.

'재일의 연인'은 2003년 교토 비엔날레에 출품한 미술 작품의 제목이기도 하다.
강제징용의 현장이었던 단바 망간 기념관에서의 제작 과정을 일기와 영상으로 기
록하여 교토예술센터에 전시하는 한편, 망간 기념관 탄광터에는 도자기, 나무 등
으로 만든 작품을 설치하여 관객이 혼자 칠흙 같은 어둠 속에서 체험하게 했다.

2장

재일의 연인

망간 일기 1

2002년 12월

요시오카 히로시(吉岡洋) 씨가 '교토 비엔날레 2003'에
출품해달라고 연락하다.

교토 비엔날레는 예전에 열렸던 '예술제전 · 경(藝術祭典 ·
京)'을 이어받은 것으로, 내년부터 국제적인 전시회가 된
다고 한다. 주제는 '느림(slowness)'.

2003년 1월 하순

댄스 퍼포먼스 콜라보레이션을 위해 프랑스 몽펠리에

(Montpellier)로 출발.

2주간 머물렀다가 돌아오는 길에 여자 친구 K가 사는 서
울에 들르다.

2003년 2월 초

오사카 국립국제미술관 월간지에 〈겹겹이 쌓인 국제 감
각〉이라는 글을 기고하다. 얼마 전 서울에 머무르며 느
낀 점, 프랑스에서 돌아오는 길에 들렀던 한국에서 나의
'국제 감각'이란 어떤 것이었는지 재일코리안인 K의 시
선을 매우 의식하며 썼다.

2003년 2월~3월 상순

요시오카 씨와 비엔날레에 관해 메일을 주고받음.

'느림'이라는 비엔날레의 주제가 좀처럼 와 닿지 않는다.
다시 말해, 풍요로운 일본이 개발도상국에 "느리게 살
자"라고 말할 수 있을까? 그런 의미에서 이 주제는 국제
적이지 않은 것은 아닐까? 이런 의문이 사라지지 않는다.
요시오카 씨가 가까운 데 살아서(기후현 오가키 시), 집까
지 찾아와 이런저런 이야기를 하다.

그런데 생각해보면 비엔날레의 디렉터와 솔직하게 이야기를 나눌 수 있는 것도 분에 넘치는 일이다.

막연하지만, 비엔날레를 위해 스트리킹(발가벗고 대중 앞에서 달리는 행위―옮긴이)을 해볼까 생각하고 있다.

2003년 3월 중순

결국 요시오카 씨의 말은 '느림'이란 얼핏 보면 안전하게 보이지만 실제로 파고들면 체제의 본질과 맞부딪칠 수밖에 없는 주제라는 것.

"옷이라면 벗어버리고, 구조물이라면 무너뜨리기. 그것이야말로 '느림'의 진정한 의미이기도 하고, 그런 측면을 드러내고 싶어. 물론 파괴적인 형식이 아니라, 말하자면 옷을 벗어버림으로써 '전쟁'과 같은 사회적 현실의 의미를 붕괴시키는 거지."(요시오카 씨의 말)

느림에 대해 어디까지 반응할지는 작가 개인에게 달려 있겠지만, 나는 요시오카 씨가 말한 "지금 하고 있는 일을 멈추는 것"이라는 뜻의 느림에 초점을 맞춰보려 한다. 그런 것이라면 어떻게든 할 수 있을 듯하다.

2003년 3월 2일

이라크 침공이 시작되었다.

나는 베트남전쟁을 떠올린다.

베트남전쟁이 난장판이 된 후, 이른바 히피 문화가 생겨
났다.

이번 이라크 공격에 대한 반응으로서 '문화'가 생겨나기
까지는 좀 더 시간이 걸리겠지만, 교토 비엔날레가 그 시
작점이 될 수는 없을까? 의도적으로 그럴 수는 없을까?

아무래도 '느림'이 히피 문화와 겹치는 것 같긴 하지만.

내가 스트리킹을 고민했던 게 우연이 아닐지도 모른다.

다만 70년대는 참고해야 하지만, 그와 동시에 넘어서야
할 대상임이 분명하다. 전쟁의 수준도, 사회의 수준도 많
이 달라졌기 때문이다.

그렇다고는 해도 미국이라는 나라는…….

2003년 4월 말일

"동굴이다!"라고 생각하다.

겹겹이 쌓인 국제 감각

여자 친구 K가 서울로 간 지 1년이 지났다. 일본과 한국이 가깝다고는 해도 외국이다. 쉽게 만나러 갈 만한 곳은 아니다. 그래서 해외에서 일이 들어오면 서울을 경유하는 항공권을 구해서 돌아오는 길에 그녀에게 들르곤 한다.

1년 새 외국에 세 번이나 나갔는데, 영국, 홍콩, 프랑스로 제각각이었다. 그러나 영어 외에 외국어는 하지 못하기 때문에 홍콩이나 프랑스에서도 겨우 영어로만 이야기했고, 그렇게 몇 주일을 보낸 후에는 읽을 수도, 말할 수도 없는 한국어권으로 들어갔다. 몇 번을 가도 한국어 실력은 전혀 늘지 않아서 한국말이 능숙해진 그녀에게 의지하여 곳곳을 돌아다닌다.

아래는 여자 친구 K에게 보내는 편지 형식으로 기록한 것이다. 그녀는 재일코리안 2세로, 오사카에서 태어나고 자랐다.

K에게

고마웠어. 나는 무사히 집에 왔어. 이번에도 여러 가지 이야기를 했네. 돌아오는 길에 프랑스의 댄스 퍼포먼스 작업을 했어. 프랑스 사람들이 "영어로는 표현할 수 없어서"라며 계속 프랑스어로 이야기해서, 프랑스어를 모르는 나랑 아일랜드인인 댄은 둘만 오도카니 남아 가끔 아무 관계도 없는 이야기를 나누곤 했지. 모두 무슨 이야기를 하고 있는지 알 수 없었지만, 그다지 불안하거나 그렇지는 않았어. 어쨌든 우리는 '천하의 영어'로 말하고 있었으니까. 중요한 사항은 당연히 영어로 통역해주겠거니, 그게 당연하지 않냐는 식의 느긋한 태도를 취했지.

프랑스어는 세계적으로 언어 패권 싸움에서 영어에 진 듯한 면이 있어서, 지금은 세계에서 단 하나의 유력한 언어인 '영어로 이야기한다는 것'='세계에 참여하는 것'이 되어버린 것 같아. 그렇다고 해도 내 영어가 대단한 건 아냐. CNN을 들어도 알아먹질 못하니. 그래도 프랑스인이 아무리 중요한 이야기를 하고 있어도 여유롭지. 프랑스어 같은 건 어차피 '지역적인 언어'라고 생각하니까.

그렇다면……, 그렇다면 일본어는 대체 어떤 가치가 있는 것일까? K는 매일매일 열심히 공부해서 한국어가 꽤나 유창해졌지만, 도대체 그것은 어떤 가치가 있지? 나 혼자라면 한국에서는 음식도 주문하지 못해. 그런데 주위에서 한국말로 전혀 알 수 없는 이야기를 나누는데도 아무렇지 않아. 나는 영어를 할 수 있고, 무엇보다 '천하의 베네치아 비엔날레'에 출품한 '국제적 아티스트'이니까.

베네치아에 출품한 작품은 미국을 주제로 한 거야. 나는 미국에 대한 혐오감만으로 이 작품을 만들었어. 구체적으로 말하자면 '리버럴'하고 '데모크리틱'한 '퍼스트 월드'의 '아티스트'로서 말이지. 이건 바꿔 말해서 내 일상

'God Bless America' (2002),
클레이애니메이션, 8분 18초, 작가 소장

적인 감각과 다르지 않았다고 생각해. 나는 해외 경험도 풍부하고 국제 정세에도 관심이 있으며, 무엇보다 피부색과 종교와 출신지로 사람을 차별하지 않는, 그야말로 훌륭한 '국제 감각'을 몸에 익힌 인간으로서 거침없이 미국을 비판했을 터였지. 그래서 베네치아 비엔날레 기획전이라는 '현대 미술계의 정점'에서 딱히 '일본'을 등에 업지 않고 '한 개인'으로서 발표한 것이라고.

K는 돌연 물었어. "재일코리안을 향한 당신의 혐오감은 도대체 뭐야?" 나는 바로 '아니, 틀렸어. 그런 거 아냐. 내가 차별 같은 것을 하다니!'라고 생각했지. 그렇지만.

그렇지만 지금까지도 이해할 수 없는 것이 있어. '언제까지나 재일코리안에 구애받는 K' 말이야. 집요하게 그러는 K가 어쩐지 무서워 보일 때가 있거든. 자신의 출생에 구애받다가는 점점 소수파가 되어 손해만 보는 건 아닐까. 한국어보다도 영어를 공부해서 점점 세계적으로 기회를 넓혀가는 쪽이 득일 텐데. 빨리 국가 따위는 잊어버리고 '익명의 지구인', '중립적 존재'가 되면 좋겠다고, 나는 그런 식으로 생각하는 인간이니까.
그런데 최근에야 그런 생각이 정치적으로 꾸며진 것이라

는 사실을 겨우 깨달았어. '1968년에 일본 가고시마에서 태어났다'는 나의 출신은 결국 내게는 결정적인 사실이고, 스스로 '글로벌한 의식을 지닌 중립적인 존재'라고 여기는 게 얼마나 잘난 체하는 건지, 최근 미국의 상태나 해외에 있을 때 내 모습을 보며 잘 알게 됐어. 한국에 있을 때, 나는 정말 미국인 같아. 사이비 미국인 말이야. 지역적인 언어로 언급되는 모든 것을 '지역적'이라고 딱 잘라 말하고 전혀 관심을 보이지 않지. 나는 '더 중요한' 문화에 속해 있다는 오만함. 거리에 흘러넘치는 일본 문화의 모방품을 볼 때마다 느끼는 안도감과 우월감. 모두 미국이 세계를 보는 관점, 바로 그거야. "왜 일본의 모방품이 여기 있는 걸까?"를 생각조차 하지 않지.

미국이 말하는 '자유'란 '역사로부터의 자유'는 아닐까, 하고 생각했어. 과거로부터의 자유랄까? 만약 그렇다면, 사실 말이지, 미국의 역사는 그다지 길지 않아. 그렇지만 이번에 이라크를 침략함으로써 미국에 새로운 역사가 탄생했지. 그런데도 "우리는 영원히 과거로부터 자유롭다"고 우겨댈 수 있을까? 실제로는 이미 건국 이래의 역사, 히로시마와 나가사키의 원폭 투하를 포함해서 긴 역사가 있거든.

K가 '재일코리안'으로 살아가는 게 나의 '혐오'와는 관계 없었을 텐데. 그래도 이제는 그 연결점이 조금은 보이는 듯해. 나는 내 안에서 미국을 봤어. 다양한 배경을 가진 개인을 조국이라는 역사의 심리적 속박에서 해방시켜준 미국이라는 마법 말이야. 역사를 불문에 붙이는 타임머신으로서의 미국이지. 내가 모르는 척했던 건 일본, 혹은 내 자신의 역사였을지도 몰라. 지금은 자신의 '국제 감각'을 크게 의심하고 있어. 그리고 의심해야만 하는 '국제 감각'의 정체는 내가 살아온 전후 세계, 전후의 일본 안에서 교묘하게 꾸며진 것임이 사실이야.

왠지 열받네.

NPO 단바 망간 기념관

일본 최대의 망간 산지이자 아시아태평양전쟁 당시 조선인 강제징용의 현장으로, 교토 인근에 있는 단바 지역 폐광에 식민지 지배의 피해를 알리기 위해 설립한 사설 박물관 이다. 1989년에 재일코리안 1세 고(故) 이정호 씨가 세웠다. 전쟁 당시 강제연행된 조 선인과 차별 부락민에게 가해진 가혹한 노동의 현장을 마네킹과 디오라마 등으로 재현 해놓았다. 갱도 견학을 비롯하여 단바 지역 망간 생성과 광산 개발·이용에 관한 역사, 광산 노동자의 진폐증 피해 실태 등을 알리기 위한 전시, 자료 조사, 수집·보존, 특별 전, 교육 보급 활동을 펼친다. 1995년에 초대 관장이 진폐증으로 별세하고 아들 용식 씨가 뒤를 이어 20여 년간 가족의 힘으로 운영했으나, 자금의 문제로 2009년에 폐관했 다. 이후 한국과 일본의 시민단체를 중심으로 재건위원회가 결성되어 모금 활동을 펼쳐 2년 만에 재개관했으나, 일본 정부와 사회의 무관심으로 인해 운영난은 지속되고 있다.

* 단바 망간 기념관에 대해서는 《재일조선인 아리랑: 망간 탄광에 새겨진 차별과 가해의 역사》
  (이용식 글, 배지원 옮김, 논형, 2010)를 참고.

망간 일기 2

2003년 5월 초

동굴을 인터넷으로 찾아보다. 기후(岐阜) 지역의 동굴을
검색함.
그러나 실제로 거주할 수 있는 동굴은 찾기 어려운 듯.

5월 중순 1

기무라(木村)와 통화하다가 단바(丹波) 망간 기념관을 알
게 되다.
귀에 익지 않은 장소라 몇 번이나 되물었다. 기무라는 그
곳에서 돌아오다가 차에 탄 채로 강에 빠진 적이 있다고

한다. 도대체 어떤 곳일까?

그러나 기무라는 동굴이라면 내가 지금 살고 있는 아파트의 마루를 파서 생활하는 모습을 비디오로 찍는 편이 더 재미있지 않겠냐고 물었다.

5월 중순 2

망간 기념관의 홈페이지를 보다. 관련 링크에 수평사(水平社, 일본의 백정 계급에 해당하는 에다 족 등 피차별 부락민의 신분 해방을 위해 만들어진 단체로, 조선에서는 그다음 해에 이를 본떠 형평사가 결성되었다. ─옮긴이) 같은 링크가 연결되어 있다. '각오해야겠군'이라고 생각하다.

5월 18일

기무라의 차를 타고 처음으로 망간 기념관을 방문하다. 미나미(南)도 함께. 꽤나 멀다. 도중에 헤어핀 커브(U자형 커브길─옮긴이)가 이어지는 엄청난 길이다.

첫인상으로 결정했다.

여기다. 무조건 여기가 좋아.

산 위에 개방되지 않은 탄광터를 발견하다.

사람이 들어갈 수 있는 크기였지만, 무서워서 들어가지는 않는다.

폐관할 때까지 이리저리 헤매다녔더니, 관장인 듯한 덩치 큰 사람과 마주치다(이 사람이 이용식 선생이었다).

뱃속에서 울려 나오는 듯한 목소리다. "이 근처에는 살무사랑 곰이 나온당께"라며 느닷없이 살무사 요리법을 설명하는 바람에 야코죽었지만 재미있기도 했는데, 그러면서도 어떻게 이야기를 꺼낼까만 생각하다.

오늘은 아직 이야기하지 않는 걸로 하자.

망간 기념관에서 발행한 《우리는 광산에서 살아왔다》라는 책을 구입하다.

5월 중순 3

망간 기념관에서 작업하려면 차가 꼭 필요하다. 야후 옥션에서 중고차를 마구 찾아대다. 후루하시 오닌(古橋おにん)과 오다 히데유키(小田英之)가 중고차 아테를 찾아주다.

5월 26일

전 IAMAS(기후 현립 국제정보과학예술 아카데미) 학장인 사카
네(坂根) 씨의 차가 인수해줄 주인을 찾고 있다는 소식.
만세, 찾았다! 도요타 마크Ⅱ는 어떨랑가?

5월 28일

처음에는 팩스로 하자. 전화로 막힘없이 이야기할 자신
이 없다.
기념관에도 이점이 있음을 어떻게 설득할 수 있을까?
단숨에 기념관 사용을 부탁한다고 써서 팩스로 보내다.

5월 30일

망간 기념관에 전화하다.
박력 넘치던 관장님의 모습을 떠올리자, 긴장되어 좀처
럼 말을 꺼내지 못하다. "저기, 며칠 전에 팩스를 보낸 사
람입니다만"이라고 말하자, "엉? 어떤 분이셨더라?"라
는 반응이라 조금 풀이 죽다.
일단 베네치아에서 돌아오면 제대로 부탁하러 가자.

단바 망간 기념관장 이용식 선생님께

처음 인사드립니다. 다카미네 다다스라고 합니다.

지난번 망간 기념관에 방문해서 짧은 시간이나마 이 선생님과 이야기를 나누었던 적이 있습니다. 기억하시려는지요? 폐관 후까지 남아서 살무사를 잡거나 먹는 법, 그 외에도 이런저런 것을 끈덕지게 질문했던 세 명 중에 안경을 썼던 사람입니다. 그때는 늦게까지 이야기를 나눠주시고 시원한 물까지 대접해주셔서 정말 감사드립니다.

저는 미술작품을 만들고 있는 작가입니다. 지금까지 주로 비디오나 퍼포먼스 작품을 국내외 미술관이나 극장에서 발표해왔고, 흔히 하는 말로 '현대 미술 작가'입니다.

그룹에 소속되었던 시기도 있었지만, 지금은 기후현의 오가키 시를 거점으로 혼자서 활동하고 있습니다.

서론이 너무 길었습니다.
실은 긴히 상담드리고 싶은 일이 있어 연락드렸습니다. 저는 올해 10월 교토 시 주최로 열리는 미술전 '교토 비엔날레'에 출품을 의뢰받았습니다. 교토 비엔날레는 작년까지 '예술제전·경'이라는 이름으로 2년에 한 번씩 개최되었던 예술 축제입니다만, 올해부터 이름을 바꿔 국제전이 되었습니다. 교토 시 주쿄구(中京區)에 있는 교토 예술센터를 중심으로 전시되고, 교토 시내 곳곳에서 다양한 이벤트가 열릴 예정입니다.

지난번 망간 기념관을 방문하고 나서(인터넷에서 먼저 조사한 후 찾아갔습니다만), 저는 완전히 빠져버렸습니다. 또 《우리는 광산에서 살아왔다》를 읽고 다시금 생각했습니다. 저는 이번 교토 비엔날레 출품작을 '동굴에 틀어박혀 작품을 제작한다'는 콘셉트로 생각하고 있어서 기후현이나 교토 주변의 동굴이나 종유동을 조사하고 있었습니다. 그러던 중에 망간 기념관에 대해 알게 되어 찾아가본 것입니다.

우선 망간 기념관과 그 주변의 탄광은 자연 동굴이 아니라 인력으로 판 것이라는 점, 게다가 인력 중에서도 특히 가혹한 수작업을 통해 팠다는 점, 또한 그곳이 일본 근대사의 축소판을 반영한다는 점, 그리고 무엇보다 그러한 역사를 전하고 남기려는 '의지'를 지닌 장소라는 사실에 강하게 끌렸습니다. 자연 동굴에서 제작하자는 처음의 생각과는 전혀 의미가 달라졌지만, 이를 단순히 우연만으로는 여길 수 없는, 개인적인 동기와 맞닿는 부분이 있는 것도 사실입니다.

저는 최근 미국에 대한 작품을 제작했습니다. 단순히 미국에 대한 혐오감이 동기가 되어 만든 것입니다만, 그 후 그 작품에서 드러난 저의 자세, 가치관에도 제가 비난하고 있었던 '미국'이 존재한다는 점을 깨달았습니다. 이 문제는 6년째 사귀고 있는 재일코리안 여자 친구와의 대화, 그녀와의 사이를 늘 막아선 '보이지 않는 벽'으로부터 점점 떠오르기 시작했고, 제가 살아온 역사 같은 것이었다고 생각합니다. 자신의 역사, 자신을 만들어온 역사를 모른다는 생각이 하루하루 커져가고 있습니다. 미국을 비난하는 자신에게서 미국을 발견하고 그것이 '재일코리안'으로 살아가는 여자 친구에게 이어진 것은 무척이나 에두르는 방법이지만, 저는 이렇게밖에는 자신이나 일본을 되짚을 수 없으리라 생각합니다. 그리고 지금부터 더듬어가며 이 문제를 나름대로 표현할 방법을 찾아야 하지 않을까 싶습니다.

실제로 구체적으로 무엇을 하고 싶은지 말씀드리자면, 기념관 위쪽으로 산을 조금 올라가면 있는 수많은 탄광 중 큰 곳(이 선생님께서 말씀하셨던 80미터는 된다는 큰 탄광)을 작품의 전시에 사용하면 어떨까 싶어서요. 지난번에는 무서워서 제대로 들어가보지 못했지만, 탄광에 머물면서 작품을 만들고 그것을 그대로 10월 전시 때 공개하는 일이 가능한지 여쭙습니다.

그 안에서 도대체 무엇을 만들고 싶은지에 대해서는 매일 생각하고 있습니다만, 무엇이 되든 먼저 이 선생님께 상담드려야 할 것들이 너무나 많습니다. 안전상의 문제(실무사라든가), 탄광의 보존 문제 등도 포함해서요. 또한 이 선생님의 말씀을 들으면 작품의 아이디어도 풍부해질 것이라고 생각합니다.

교토 비엔날레는 10월 4일부터 11월 3일까지 한 달간 열립니다. 참여하는 작가 중에는 국제적으로 이름이 알려진 사람도 있어서 전국적으로 어느 정도의 관객은 동원

하리라 보고 있습니다. 교토 시내에서 게이호쿠초(京北町)까지의 거리를 생각하면 얼마나 많은 관객이 망간 기념관에 찾아올지 정확히 알 수는 없지만, 그래도 수백 명은 들를 것으로 기대할 수 있습니다. 실례되는 이야기를 드릴 생각은 아니지만, 입장료 수입을 장점으로 생각해주셨으면 합니다. 그리고 망간 기념관은 이미 잘 알려진 곳이지만, 작품 전시장으로 사용되면 다시 한 번 신문과 잡지의 문화면에서 다루어지리라고 생각합니다. 특히 미술에 흥미가 있는 사람들에게 망간 기념관의 존재를 알릴 수 있는 좋은 기회가 될 것입니다.

솔직히 말씀드리면 저는 가난한 미술가라 예산마저 빠듯하기 때문에 사용료를 드릴 수 있을까 몹시 걱정되지만, 이 점에 대해서도 이야기를 나누고 싶습니다.

금년 여름 8~9월 중에 산 위의 탄광에서 작품을 제작할 수 있게 해주십시오. 그 기간에는 캠핑을 하든가, 아파트를 임대하든가, 가까운 곳에서 지내겠습니다. 그리고 10월에 탄광을 작품 전시장으로 사용할 수 있게 도와주십시오. 전시 기간에는 탄광 입구에 머무르며 관객을 맞아 안내하려 합니다.

마지막으로, 저는 이른바 인권 문제나 일본의 전후 보상과 같은 '사회문제'를 주제로 삼아 개인적으로 이용하려는 생각이 없다는 점, 그런 입장에서 작품을 만들지 않는다는 점을 이해해주시기를 바랍니다. 앞서 말씀드렸듯 저의 현재 상황으로는 망간 기념관에서 작품을 만드는 것이 매우 중요하고, 또한 이런 순수한 동기와는 관계없이 현실적으로 관객을 불러 모으는 이벤트를 기획하여 일본에 하나밖에 없는 독특한 박물관이 존속하는 데 도움이 되고 싶다고 생각합니다. 비엔날레 사무국과도 협력해서 열심히 홍보하여 한 명이라도 더 많은 관객을 망간 기념관으로 끌어모으겠습니다.

저는 6월 4일부터 말까지 해외에 있을 예정이라, 그 전에 서둘러 팩스를 보냅니다. 먼저 이 편지를 읽어보시고 검토해주시면 안 될까요? 내일이나 모레쯤 다시 전화를 드리겠으니, 한번 이야기를 들어주십시오.
모쪼록 잘 부탁드립니다.

5월 28일 다카미네 다다스 드림

망간 일기 3

6월 4일

베네치아에 가다. K도 함께다.

그녀는 유럽에 가본 적이 없다. 서울에서 간사이(關西) 공항을 경유하게 해서, 그곳에서 만나 같은 비행기로 이탈리아로 향하다.

올해 비엔날레는 100년 만의 혹서라고 하더니, 내 작품도 더위 때문에 상태가 좋지 않다.

그보다도 도저히 '작품을 볼' 상태가 아니다.

시마부쿠, 노구치 리케(野口里佳)와 아이스크림만 먹어 댔다.

그래도 덤타입(Dumb Type, 1984년 일본 교토에서 결성된
퍼포먼스 그룹으로, 극예술, 설치미술, 댄스의 경계를 오가는
탈장르적 실험을 하고 있다. 저자 다카미네도 멤버로 참가했다.
─옮긴이) 멤버도 있어서 꽤 즐겁다.

K와 정말 많은 이야기를 나누다. 망간 기념관의 작품은
K, 이 선생, 나를 둘러싼 삼각구도가 될 것이기에 함께
있는 동안 여러 가지 이야기를 해두려고.
그녀도 어렸을 적에 망간 기념관을 방문한 적이 있었던
듯하다.
가능하다면 기념관에서 함께 작업할 수 있으면 좋겠다.

6월 17일
베네치아 공항 로비에서 줄을 서 있는데, 가끔 말을 걸던
미국인이 "당신 작품이 가장 좋았어요!"라고 칭찬해줘
서 뛸 듯이 기쁘다.

나는 아일랜드에서 강연이 있는 바람에, K와 로마 공항
에서 헤어지다.
다음은 언제? 망간 기념관에서 만날 수 있을까?

6월 25일

간사이 공항 도착. 그곳에서 곧바로 대학교 강의를 하러. 1주일 동안 강의가 세 개나 있어서 이번 주는 바빴다. 망간 기념관에 전화해서 2일에 찾아가기로 정하다.

7월 2일

또다시 기무라, 미나미와 셋이서 기념관에 가다. 긴장하다. 비엔날레 뉴스레터를 보여주며 프로젝트를 설명하다. 어떤 얼굴로, 어떤 어조로 이야기해야 믿어주려나? 이 선생은 "흠, 흠" 하고 고개를 끄덕이면서 반신반의하는 모습. 그러나 정중히 대해주었고, 재미있어하는 듯도 보이다.

이 선생의 안내로 드디어 산 위의 탄광에 들어가다. 이 선생은 성큼성큼 들어갔지만, 나는 무서워서 좀처럼 앞으로 나아가지 못하다. 안쪽 깊은 곳에서 무엇인가가 갑자기 튀어나올 것만 같은 기분이 들어 참을 수 없다. 탄광 안은 안개가 자욱하다. 과연, 습도가 90퍼센트라고. 전기, 기계는 사용하기 힘들겠네.

의외로 벽이 약해서 미나미는 꽤 걱정스러운 모양이다.

7월 3일

기무라와 교토 클럽 메트로의 이벤트 '카모 록 페스티벌'에 갔다.

출연진 중에 니카이도 가즈미(二階堂和美)도 있어서 진짜 놀라다. 바로 CD를 사서 사인을 받았다.

"모든 예술은 음악의 상태를 꿈꾼다"는 말이 진실이라고 느껴지는 순간이 종종 있기 때문이다.

기무라도 완전히 빠져버리다.

7월 8일

'동아시아 공동 워크숍'에 대해 메일로 질문하다.

이는 재일코리안의 역사 연구회로, 한일 양국에서 120명 정도가 참가하여 일주일 동안의 프로그램으로 열리는 행사. 올해는 홋카이도에서 개최되는 듯.

8월 초다. 갈 수 있을까? 하지만 이 기간에 가는 건 무모한 짓이구나.

그래도 망간 기념관에 가기 전에 가보는 편이 좋은 방법인 듯도.

7월 11일

다카오(高尾)에 살고 있는 도예가 후지타 쇼헤이(藤田匠平)의 자택에 가다. 이번에 전기를 사용하지 않기 때문에 소재에 대해 이런저런 상담을 했다. 쇼헤이는 이번에 중심인물이 될 듯.

쇼헤이 부부와 망간 기념관에 가다. 두 번째 방문.

탄광 벽에 벽화를 그리고 싶은데 나중에 지우기 쉬운 소재로 그리겠다고 말하자, 이 선생은 "뭐, 멋진 게 나온다면 그대로 놔두어도 좋고 말이지"라는 의외의 대답을.

갑자기 빛이 보이는 듯한 기분이 들었다. 믿어주시는 건가!

머무르기 위해서 거처는 어떻게 할 것인가? 당장 긴급한 문제다.

게이호쿠초 근처에는 임대주택이 없는 듯하다.

동굴은 전기가 없는 데다 습도가 높아서 물이 방울방울 떨어진다.

게다가 살무사도 자주 출현한다. 숲에 집과 아틀리에를
세워야 하나?

7월 12일

항상 신세를 지고 있는 여행 대리점에서 근무하는 동굴
마니아 멘주(毛受) 씨를 찾아가다.

멘주 씨는 동굴에 처박혀서 열흘간 지낸 적이 있다고 한다.

"이봐, 다카미네. 밖에 집을 지어야지, 동굴에서 지내기
는 힘들다구."

"……."

준쿠도 서점에 주문한 다나카 사카이(田中宇)의《망간 파
라다이스》를 찾으러 가다.

그야말로 망간 기념관에 관한 책으로, 이 선생의 부친인
이정호 전 관장이 건재했던 무렵(1995년)에 그를 취재해
서 집필한 것이다. 그러나 이 책에 대해 기념관 측은 "강
제연행이 없었다는 식의 허위 기록이 있다"며 홈페이지
에 부정적인 입장을 피력하다.

7월 14일

오토바이를 타고 달리다가 갑자기 "돌이다!"라고 떠올랐다.

동굴 깊은 곳에 조각상 하나. 오오, 아름답다.

그런데 나는 돌을 조각해본 적이 없다.

그대로 오토바이를 타고 세키게하라(関ヶ原)에 가서 석재상을 찾아 이리저리 헤매다.

작업하고 있던 나카오카(中岡)라는 조각가를 우연히 만나서 석조에 대해 여러 가지를 배우다.

내구성은 뛰어남. 그러나 결국 돈이 들 것 같다.

동굴 속에서 돌가루를 뒤집어쓰며 돌을 깎아야 하나?

어떻게 하면 돌을 동굴에 운반해 넣지?

7월 15일

사카네 씨와 자동차 명의 변경 때문에 만나다.

"저는 애착이 갑니다만, 상태도 아직 좋고"라고 고마운 말을.

그렇지만 장롱면허인 내가 이렇게 큰 차를 몰 수 있을까?

7월 16일

오토바이를 타고 달리다가, "아, 니카이도 씨!" 하는 생각이 떠올랐다.

동굴에서 라이브를 해줬으면!

인터넷에서 검색해보니, 세상에나!

니카이도 씨가 작년 도쿄국립근대미술관에서 내 작품을 보았다고 홈페이지에 써놓다.

재미있었다고.

가능할지도!

재빨리 메일을 써서 라이브를 부탁해보다.

7월 17일

무지막지하게 빠른 답변!

"어머~ 그러세요?"로 시작하는, 아주 친근한 메일이!

'니카 님'이다! 니카이도 씨가 온다!

곧바로 기무라와 미나미에게 자랑하다.

셋이서 완전 난리.

기무라는 곧 태어날 아기의 이름을 '니카'로 하자고 했다가 부인에게 바로 혼나고 거부당했다고 한다(당연하지).

7월 18일

'단바 망간 기념관 사용 계약서' 초안을 작성하다.

갑을 관계가 명시된 계약서를 쓰는 건 처음이다.

그래도 이런 것은 제대로 할수록 설득력이 있으니, 양식을 신경 써서 쓰다.

전시회 이후 작품의 처리 여부에 관해서는 보류.

7월 21일

'동아시아 공동 워크숍'의 예비 모임에 참석하다. 오사카의 다마쓰쿠리(玉造).

나처럼 참여하는 사람은 드문 듯해서, 이런저런 설명을 들은 뒤 반대로 여러 가지 질문을 받다.

망간 기념관에서 전시회를 할 거라고 말하자, 물론 모두 기념관에 대해 알고 있어서 "아아, 그런가요, 이 관장님이 하신다고 했으면 괜찮을 거예요"라는 마음 든든한 말을.

끝나고 뒤풀이에 가서 잘 얻어먹었다.

26일에는 한국과 일본의 고등학생 150명이 망간 기념관을 방문할 예정이라고 한다.

이거, 참가해볼까나?

7월 22일

자동차 명의변경을 해야 하는데 서류를 계속 준비 못하다. 그런데 운전하는 것이 무서워서 가능하면 미루고픈 기분도. 아아, 운전하고 싶지 않아.

7월 25일

교토 비엔날레의 관계자(요시오카 씨, 마쓰오 씨, 이자와 씨, 다케시타 씨)와 함께 기념관을 방문하다. 요시오카 씨가 자동차를 운전한다는 사실이 왠지 어울리지 않는군.

어둠을 싫어할 것 같아 보이는 이자와 씨가 앞장서서 성큼성큼 들어가는 모습에 깜짝 놀람.

이 선생에게 돌 조각에 대한 아이디어를 말하자, 2톤짜리 돌덩어리를 동굴로 운반하는 일이 얼마나 어려운지 구구절절히 설명해주었다. 역시 안 되는 걸까.

내가 구체적인 아이디어를 제시하지 못하니, 이 선생도 초조해하는 모습.

계약서에 찍을 인감도 잊어버려서, 내가 덜 떨어진 놈이
된 것 같은 느낌.

7월 26일
한국과 일본의 중고등학생 교류 투어에 참가하다. 8시에
니조성(二條城) 집합.
버스 여섯 대의 대부대다. 버스 안에서 일본어와 한국어
로 통역해가며 자기소개 시간을 가지다.
옆에 앉은 한국인 여성과 말이 통하지 않아 대화를 포기
하다.
왠지 이런 곳에서 영어로 이야기한다는 것은 기분 나쁘
니까.
망간 기념관에서 처음으로 이 선생이 '강연'하는 것을 들
었다.
이 선생은 나와 대화하는 도중에는 이제껏 한 번도 '재일
코리안'에 관한 이야기를 꺼낸 적이 없다.
어떤 면에서는 이상하다고 생각하고 있었지만, '관장'으
로서 많은 사람 앞에 서니 직접적으로 '차별'을 언급하
다. 과연, 이라고 생각하다.

그러고 나서 리쓰메이칸 대학에, 병설된 '국제평화박물관'을 견학하다.

일본이 처음이라는 한국의 여자애에게 일본의 인상에 대해 이것저것 물으니 "바지를 내려 입고 걸어 다니는 남자들이 이상해!"라며 정말 눈을 동그랗게 뜨고 말했다. 귀여워.

그 후, 분위기를 제대로 파악하지 못한 아주머니가 "가케가에노나이~"('가케가에노나이'는 '더할 나위 없는' 이라는 뜻으로 도덕 수업이나 계몽적 성격의 책에 종종 쓰이는 표현이다. ―옮긴이) 하는 노래를 부르기 시작하는 바람에 기분이 나빠져서 돌아와버렸다.

그렇다고는 해도 오늘은 나 혼자서만 다른 곳에 서 있는 듯한 기분을 오랜만에 맛봤다. 이런 기분을 모두들 어떻게 해결하는 걸까?

7월 29일

축광 재료 전문 회사에 전화를 걸어 몇 가지 배우다.
완전한 어둠 속에서 어떻게 계속 빛을 유지할 수 있을까?

스트로보를 피우는 정도로는 그만큼 시간이 확보되지 않는다고.

게이호쿠초에 빛나는 버섯도 자생하고 있다는 듯하다.
쓰키요타케라는 이름의 독버섯이다.
하지만 그걸 도대체 어떻게 찾지?

7월 30일
모기장을 찾았더니 새 것은 비싸서, 야후 옥션에서 낙찰받았다.
산 생활에 필요한 듯싶은 물건을 마구 쇼핑하지만, 가장 중요한 건축 재료를 구할 수 없다. 어떻게 운반하지? 오가키에서 기념관까지 거리가 있어서 귀찮아 죽겠네.

7월 31일
이와사키와 같이 작업한 영상작품 '이너시아(Inertia)'가 코펜하겐의 전시회에 초대받았다.
나는 이번에 갈 수 없다.
오늘 덴마크로 출발한 이와사키에게 세팅을 맡기다.

8월 1일

우에미네에게서 "동굴 작업을 돕고 싶다"는 연락.
어쨌든, 가고시마에서 취직을 위해 도쿄에 갔지만 돌연
취소되었다는 것. "돈은 안 줄 건데" 했더니 밥이나 먹여
주면 충분하다고.
바라지도 않았던 일이다. 끝날 때까지 함께 생활하게 될
듯하다.

8월 2일

IAMAS에서 우에다가 기획한 전시회 '엘리펀트 머신
(Elephant Machine)'이 시작되다. '갓 블레스 아메리카
(God Bless America)'가 전시됨.
오늘 열린 오프닝 행사에서 쓰바키 노보루 씨, 요시오카
씨와 3인 대담.
쓰바키 씨에게 망간 기념관 이야기를 하자 재미있어하
며, 이시카와(石川)현의 하니베라는 동굴 안에 놓여 있는
이상한 조각을 촬영한 비디오를 보내주기로 했다.
나는 그 후 곤드레만드레 취해버려서(자주 있는 일이다),
겨우 명의변경한 자동차의 열쇠를 IAMAS 교정에서 잃
어버렸다.

요시노야(吉野家, 일본의 유명한 규동 체인—옮긴이)에서 야마시로와 이나나까지 같이 있었던 것 같은데, 기억이 나지 않는다.

8월 3일

열쇠를 찾으러 다시 IAMAS 교정으로. 없다. 경찰서로 가다. 습득물도 없다.

생각해보니, 어제 벗은 바지 주머니에 들어 있었다.

덤타입의 '보이아지(VOYAGE)'를 보러 비와호 홀에.

K가 9시에 간사이 공항에 도착한다고 해서, 서둘러 공항으로.

본가에 가기 전에 한 시간 동안 짧은 만남. 함께 우동을 먹었다.

나는 그 후에 교토로 돌아와 덤타입의 뒤풀이에.

이케다 료시(池田亮司)에게 동굴 이야기를 했더니 재미있을 것 같은데, 라며.

동굴을 좋아하는 사람은 의외로 많을지도.

8월 4일

또다시 기무라, 미나미와 망간 기념관에. 네 번째 방문.

오전 중에 수지 자재상에 들렀더니 예정보다 시간이 걸려서, 1시를 훨씬 넘겨버렸다. 도중에 전화를 드렸지만, 그 시간에도 늦었다.

도착하자마자 이 선생이 "이런 시간에 오면 곤란하다고!"라고.

우와, 위험해!

이 사람을 화나게 하면 무섭겠지, 라고 생각했는데, 과연 그러했다.

기무라와 미나미를 밖에서 기다리게 하고 이 선생과 둘이서 한 시간 동안 이야기했다.

그러나 이 시간이 있어서 결과적으로 좋았다고 생각하다. 나는 이 선생을 매우 화나게 만들어버려서 그 사태를 타개하기 위해 필사적이었다.

여기서 포기한다면 계획이 전부 틀어져버린다고 말이다.

한 시간 후, 이 선생은 기념관 뒤쪽에 있는 짓다 만 작은 집(3년 전 바비큐 하우스를 지으려다가 도중에 그만두었다고 한다)을 아틀리에로 써도 좋다고 이야기해주었다.

이곳을 사용하면 숲 속에서 제작하는 것보다 분명 제대

로 된 것을 만들 수 있다.

다행이다. 다섯 발 물러서고 열 발 전진했다.

"왜 일부러 이런 곳에 살면서 만들지 않으면 안 되남?"

이라고 묻는 이 선생.

"살지 않으면 작품이 안 됩니다"라는 나.

이날부터 나는 '도무지 알아먹을 수 없는' 예술가가 됐다.

이날부터 이 선생은 경어체를 그만두었다.

8월 5일

교토시립예술대학에서 세키구치 아쓰히토(関口敦仁) 씨
와 나카하라 고다이(中原浩大) 씨와 전시회 협의.

고다이 씨가 요 5년간 관찰하고 있다는 우지 강 근처의
어마어마한 참새 무리를 보러 가다.

이를테면 망간 기념관과 이 참새 무리를 어떻게 연결시
킬 수 있을까?

8월 7일

아쓰코에게 머리를 잘라달라고 하다.

삭발. 입산 전 의식인 셈이다.

1만 5천 엔의 스트레이트파마여, 안녕.

게이호쿠초에 있는 목재상을 이 선생이 가르쳐줘서 나무를 주문하다.

시세는 모르지만, 어쨌든 배달해주는 것만으로도 도움이 된다고 생각하면서.

8월 9일

자동차학원에서 장롱면허 강습하다. 시간당 5천 엔은 비싸잖아.

8월 10일

드디어 차를 운전하다. 오가키 시 거리를 이리저리 헤매다. 죽음은 두려워하지 않는 이케가 조수석에 앉아주었다. 액셀레이터와 브레이크가 몇 번이나 헷갈렸지만, 모레에는 게이호쿠초까지 직접 운전해서 가지 않으면 안 된

다구.

8월 11일

제대로 이메일을 쓸 수 있는 건 오늘이 마지막이다. 이런 메일을 지인들에게 보내다.

8월 12일

아침 8시에 오가키 출발. 두 시간밖에 잠을 못 잤다! 우에미네도 그런 듯.

아침에 차에 짐을 실었지만 다 들어가지 않는다. 마에다에게 빌린 발전기를 내리고 간신히 쌓았다. 그런데 뒤 차창이 보이지 않는다.

메이신 고속도로에서 처음 추월하다. R162 스야마 도로가 이렇게 무서운지는 생각도 못했다.

어찌어찌 오후 1시에 망간 기념관 도착.

짐을 내릴 새도 없이, 이 선생이 "통나무를 베러 가자"라며 뒷산에 감.

전기톱으로 노송나무를 벌채하다. 방법을 배워서 나와

우에미네도 베다.

전혀 제대로 베지 못하다. 다섯 그루를 쓰러트려서 소형 포클레인으로 끌고 오다.

무엇인가가 시작되었다. 내가 알지 못하는 세계. 쿵, 하고 등을 짓누르는 듯이 시작된.

8월 13일

지금부터 지으려는 오두막의 기둥이 꽤 썩어 있는 것을 발견하다.

이대로 사용하면 위험하니 새 통나무로 교환해야 한다. 그 편이 새로 짓는 것보다 도리어 어렵다고 한다.

어제 벌목한 통나무 껍질을 벗겨내다. 여름에 벤 나무는 수분을 머금고 있기 때문에 껍질을 벗기기는 쉽지만 그만큼 약하다고 한다.

이 선생이 드럼통을 용접해서 "이걸 욕조로 쓰면 좋아"라고.

고베예술공업대학 졸업생인 오니시 등 네 명 도착.

이 선생은 "먼저 목욕탕을 만들어야지"라며 예전에 식

당으로 쓰던 작은 컨테이너를 덤프트럭으로 운반해주다.
등유로 물을 데우는 급탕기도 빌려주다.
밤 9시에 욕실 완성. 펌프로 물을 끌어오니 좋은 상태의
뿌연 온천.
문을 연 식당이 없어서 체념했는데, 겨우 발견함.

8월 14일

비가 와서 일단 지붕에 파란 천을 붙이다.
이 선생의 조카인 중학교 3학년 다이키(大樹)가 여름방학
이라 오사카에서 놀러(아르바이트?) 와 있다. 아침부터 삼
나무 껍질을 벗기는 일을 하고 있는데, 질리면 우리가 있
는 곳에 수다 떨러 오다.

통나무는 목귀질이라고 해서 전기톱으로 평평하게 깎아야
하는데, 이게 어려워서 우리는 전혀 손에 익지 않는다.
한 개의 반만 해도 몸이 너덜너덜해지는 듯.

어제부터 가위바위보로 목욕탕에 들어갈 순서를 결정하
는 것이 일과가 되었다. 지금 머물고 있는 곳에서 썰렁한
아래쪽 탄광 입구를 지나 목욕탕까지 가는 것이 일종의

담력 시험 같아서 가위바위보에 열을 올리다.

맥주는 다른 탄광 입구 앞에서 차갑게 한다. 연중 11도라
는 천연 냉장고다. 요리 대장 나카가와 덕분에 밥이 장난
아니게 맛나다.

8월 15일
대들보 교체하는 일은 간단치 않다.
이 선생이 운전하던 포클레인도 잠시 이 선생을 기다리
며 허공을 노려보고 있다.

웬일인지 모르는 아저씨가 와서 포클레인을 운전하기 시
작하다.
나중에 들으니 이 선생의 형님으로, 포클레인의 명수라
고 한다.
그리고 보니 중학생 다이키도 가끔 포클레인을 운전하
고, 스무 살인 이 선생의 딸도 운전하는 듯. 뭐라 해야 하
나, 터프한 가족이구나.

새로 세운 대들보가 좀처럼 기초에 잘 들어맞지 않아서,

작업은 난항을 겪었다. 이 선생은 완벽한 장인정신을 발휘.

빗속에서 엔진음에다 성난 목소리가 난무하다.

그러나 포클레인의 라이트가 비추는 작업 현장은 어둠 속에 떠오르는 무대마냥 아름다웠다.

8월 16일

기요마 부부가 도와줄 사람을 보내주었다.

"어째서 집을 제대로 지으려 하지? 작품 만들 시간이 부족하지 않나?"라고. 당연한 질문.

그렇겠지. 난 작품을 만들지 않고 언제까지 집을 짓고 있는 거지?

아니, 그렇지만 그 질문에 대한 답이 이 작품 자체인 것이다.

자, 그럼 이 집은 작품일까? 그렇지는 않다.

이 집을 작품이라고 부르기에는 어딘지 모르게 철저하지 않다는 느낌도 든다.

처음에는 지붕은 파란 천 같은 것으로 당분간만 쓰면 된다고 생각했다.

그랬더니 이 선생이 모처럼 하는 일이니 나중에도 사용

할 수 있도록 제대로 하자고 말하다.

나중에도 쓸 수 있도록 하려면 물론 시간도 돈도 더 들겠지만, 지내기에는 더 좋을 테고 필시 작품을 향한 마음가짐도 바뀐다. 이 선생에 대한 태도도, 망간 기념관에 대한 생각도.

그래도 임시 거처인 것은 분명하지만, 나는 확실히 여기에 있구나 하는 마음도 들겠고, 전혀 다르다.

이 선생이 지붕에 맞춰 철 함석을 사다 주었다.

나는 처음으로 함석 용접을 했다. 힘들었다.

오사카 팀 철수. 안녕~이라고 큰 소리로 배웅해주었더니, 펑크가 나서 금방 되돌아왔다.

마쓰오 씨와 마에다가 나타나다. 위문품으로 맥주와 만두. 게이호쿠초에 사는 다카무로도 오다.

8월 17일

오늘부터 갑자기 사람 수가 줄어서 급하게 오가키에서 야마시로를 부르다.

당초 닷새로 끝날 거라 생각했던 집짓기는 앞으로도 꽤 시간이 걸릴 듯하다.

통나무를 베서 쓰러트렸더니 멋들어진 덩굴나무가 함께 쓰러졌다.

8월 18일

지붕 서까래 붙이기. 세 명뿐이라, 시간이 꽤 걸리다.

밤에 가위바위보에 이겨서 가장 먼저 목욕하러 갔던 우에미네가 구르듯이 돌아와 "고, 곰이 나왔어요!"라고. 목욕탕 옆의 풀숲이 부스럭거리며 크게 흔들리더니, 안쪽에서 무시무시하고 낮게 으르렁거리는 소리가 들렸다고 한다.
"그런 소리는 들어본 적이 없어. 절대로 맹수예요!" 덜덜 떨고 있었다.

회중전등과 비디오카메라를 들고 야마시로와 확인하러 갔지만, 결국 진상은 미궁에.

이는 아침이 되어 들은 이야기로, 나는 우에미네가 벌벌 떨며 돌아왔을 때 방을 깜깜하게 해놓고 큰 소리로 록 그룹 파우스트의 음악을 틀어놓은 채로, "곰이 나왔다"는

우에미네의 이야기를 듣고도 헤헤거릴 뿐이었다고 한다
(취해서 기억이 나지 않는다).

우에미네는 지금까지 인생에서 가장 무서웠다고 말했다.

8월 19일
북쪽 지붕을 붙이기 시작했는데, 처음 세 장은 실패했다.
평행이 맞지 않았다. 밑에서 4미터짜리 각목으로 뚫어서
벗겨내다. "이야!" 하고 기합을 넣으며 하면 잘 벗겨질
거라고 생각했지만, 함석이 우그렁우그렁(나중에 무척 고
생하다).

서까래가 부족해서 이 선생이 목재소까지 데려가주다.
"목재라는 건 말이지, 이런 식으로 사는 기라. 잘 봐두
소"라고 말하고는, 산처럼 쌓인 목재를 가리키며 "이거
전부 1만 엔에 되지?"라며 갑자기 흥정하다.
"그런 턱도 없는……"이라며 주인아저씨가 당황한 사이
에 꽤 많은 목재를 단돈 5천 엔에 획득했다.

돌아오는 길에 내가 처음 목재를 4만 엔에 산 것이 얼마

나 서툰 흥정이었는지를 거침없이 설명하다.

"나무는 말이야, 보고 사야 하니께."

8월 20일

이스라엘의 바체바 무용단(BATSHEVA DANCE COMPANY)
에서 당당히 예술 감독이 된 요시가 교토에 돌아왔다고
해서, 야마시로를 데려다 주는 김에 만나러 가다.

여자 친구인 크리스틴도 함께다.

요시와 만나면 언제나 마음이 놓인다. 이스라엘의 정세
나 무용단에 대해 이야기하다.

바체바의 예술 감독이라니, 큰 역할을 맡았구나.

8월 21일

아침에 교토로 돌아가며 쇼헤이의 집에 들렀더니 냉장고
를 빌려준다고 한다.

일부러 가져다주었다.

어두워질 때까지 우에미네와 둘이서 묵묵히 함석을 얹
었다.

8월 22일

준준이 원동기 달린 자전거로 왔다!

아침에 이 선생이 살무사를 잡아오다. 길에서 주웠다고
한다.

머리를 잡아서 껍질을 꼬리 쪽으로 잡아당기니 쭉 하고
깨끗하게 벗겨지다.

몸통은 냉장고에. 나중에 먹을 듯. 껍질을 씻어서 기둥에
못으로 걸어놓자, 이 선생이 웃으면서 "이 인간도 참 별
나"라고 말하니 다이키도 덩달아 "변태야, 변태야"라고
말하다.

드디어 지붕을 전부 붙였다!

밤이 되자 이 선생이 "지붕 완성 축하 선물이야"라며 불
고기를 사다 주다.

이 선생과 마시는 첫 번째 술. 이 선생은 예전에 고깃집
을 했다고.

5년간 매일 고기를 먹었더니 그 후 3년간 고기는 먹을 수
없었다고.

다이키는 중학생인 주제에 맥주를 꿀꺽꿀꺽 마신다. 내
가 중학생 시절에는 생각도 못한 일.

다이키가 신이 나서, 나를 '도무지 알아먹을 수 없는 예

술가'로 부르는 이 선생에 맞서서 "예술이라는 건 그렇게 간단히 알 수 있는 게 아니야"라며 예술론을 펼치다.

다이키는 이 선생이 말하는 것은 귀기울여 듣는다. 좋은 작은아버지를 뒀구나.

"평범하게 살아서 뭐가 재미있겠냐!"라고 단언하는 친척이 있다는 고마움.

이 선생은 내가 평범하지 않다며 웃지만, 이 사람의 인생이야말로 평범하지 않다.

그렇겠지. 얼굴을 보면 알겠다.

"부인이나 어머니는 저를 이상하게 여기시지 않습니까?"라고 묻자, "처음에는 이상하다고 했지. 그래도 몇 십 년 살다 보면 사람은 얼굴로 알 수 있제." 전적으로 동감.

기뻤다.

실컷 떠들었다. 오늘 밤, 이 선생과 개인적으로 친해졌다.

그리고 이런 것과 '재일코리안'이라는 사실, 그 둘은 관계가 없다고 생각했다.

내가 이 선생과 친해진 것은 '재일코리안'과 친해졌다는 의미와는 별개다. 아마도 이 선생은 이렇게 내가 자신을 객관적으로 바라보고 쓴다는 것 자체를 유쾌하게 생각하지 않으리라. 누구라도 그렇다.

여기에 이르자, '작품'이라는 말이 공허하게 울린다.

나는 작품을 만들고 있고, 작품을 위해 오늘도 카메라를 계속 돌렸다.

카메라가 돌아가고 있는 와중에도 쉬지 않고 쌓여가는 '벽'.

이는 작위적이어서, 내가 작품을 만드는 한 이 선생과의 관계 역시 작위적일 수밖에 없다. 내가 K를 '재일코리안'으로 볼 때의 눈빛과도 다름없이.

개인적 관계란 이런 작위적 시선과 어긋난 위치에 있어서, 이로 인해 갈등이 생겨난다. 나는 이 선생이나 K를 마치 카메라 파인더를 통해 바라보는 것처럼 "재일코리안으로 보지 않으면 안 된다". 그리고 이 선생은 그런 시선의 공허함을 알고 있는 것처럼 보인다. 지금까지 '재일코리안'으로서 내게 이야기를 걸어오지 않았던 것은 그 탓이 아니었을까 생각해보는 것이다.

손질한 살무사를 숯불에 구워 먹었다. 이 선생과 다이키는 먹지 않았다.

8월 23일

집 벽을 붙이기 시작했다.

이 선생이 해먹을 가지고 오다.

어째서 이 사람은 이렇게 무엇이든 가지고 있을까?

기특하게도 쥰쥰의 요리가 맛있다.

밤에 편의점을 찾으러 드라이브. 어디에도 없다.

8월 24일

30장 사둔 콘크리트 합판이 부족해져 사러 나가다.

집에 창문을 붙이다. 모처럼 이 선생이 찾아서 구해 온 알루미늄 섀시를 내가 콘크리트 합판을 떨어뜨려 완전히 깨먹어서 박스 테이프로 붙여 쓰는 처지에. 풀 죽은 나에게 "마르셀 뒤샹의 큰 유리 작품처럼 멋지게 붙여봅시다"라고 우에미네가 말하다.

그렇지만. 결국은 구질구질해져버렸다고, 우에미네!(더 풀 죽음)

다이키가 이 선생의 눈을 피해 가끔 이야기하러 오다. 한

없이 사랑스러운 성격이라, 이대로 어른이 되지 않았으면 좋겠어.

방에 자그마한 사마귀가 등장. '우네'라고 이름 붙여주고 귀여워해주다.
준준은 "어쩐지 귀중한 체험을 한 기분이야~"라고 말하며 돌아가다.

기다리고 기다리던 미나미가 엄청난 양의 식재료와 함께 나타나다.
〈시나노 매일신문〉의 기자 우에쿠사 씨가 취재하러 오다. 교토 역에서 택시 타고 날아왔는데도 작업이 밤까지 계속되어 헛물켜게 만들고 말았다.
게다가 나는 취재를 받던 중에 피곤해서 뻗어버렸다.

8월 25일
기념관에 있던 오래된 다다미를 받아 말리다. 방과 크기가 맞지 않아서 퍼즐 맞추듯 고생해서 겨우 깔다.

기무라, 드디어 아기가 태어났다고 한다.

8월 27일

드디어 새집으로 이사.

이곳에 온 지 정확히 보름.

목욕탕은 바짝 가까워졌다!

밤에는 벌레 우는 소리가 유난스레 가깝게 들린다.

8월 28일

미나미, 우에미네와 셋이서 덩굴을 뜯어내다. 영원히 끝나지 않을 것 같아 지겹다.

작업대와 책상 제작. 왠지 이곳에 있으면 필요 이상으로 튼튼한 것을 자꾸 만들고 만다.

밤이 되어 우에미네도 드디어 삭발을. 끝까지 싫어했지만, 그것이 오히려 분위기를 띄웠다. 아랍 음악으로 의식을 치르는 듯한 느낌이 더해지다.

아마 음악의 탓이겠지. 나와 미나미는 술에 떡이 되어 축하의 춤을 계속 추었고, 파르라니 머리를 깎은 우에미네는 미치광이를 보듯 우리를 보고 있다.

K에게서, 서울의 대학에서 시험을 봐야 해서 망간 기념관에는 잠깐밖에 들를 수 없다는 메일이 옴.

부탁이야. 하루라도, 이틀이라도 좋으니 와주라.

8월 29일

내가 덩굴, 덩굴, 하고 되뇌이는 게 이 선생에게는 재미있나 보다.

그렇게 원한다면, 하고는 덩굴나무를 캐러 근처 습지에 가다.

이곳에는 넘칠 만큼 무성하고 굵은 덩굴이 쑥쑥 자라고 있다.

"덩굴은 적이라고"라는 이 선생. 임업에는 큰 적인 듯하다.

삼나무 기둥을 깊숙이 먹어치운 덩굴을 세 명이 낫으로 벗겨내다.

7미터 정도 높이에 사다리를 걸쳐서, 내가 올라가 안전대를 감고 전기톱으로 덩굴을 자르다.

사다리가 흔들거려 안정되지 않음. 나무 기둥이 둥글기 때문에 사다리가 한 점에 닿아 있어서다.

도중에, 아래에서 사다리를 잡고 있던 다이키가 한눈을

팔아서 이 선생에게 꿀밤을 맞다. "멍청아, 제대로 붙잡고 안 있냐!" 철칙이 완고한 사람이구나.

10미터 정도의 근사한 덩굴 세 개를 땄다.

"잘했네. 꽤 근성이 있구먼"이라는 이 선생.

이 선생에게 칭찬을 받으면 어렸을 적 선생님께 칭찬받았을 때처럼 기쁜 마음이 드는 건 왜지?

8월 30일

새집에 이사하고 처음 내리는 비.

어쩜, 지붕이 샌다!

서둘러 지붕에 천을 덧붙이다.

파란 천에 물이 고여 20센티미터 정도의 웅덩이가 만들어지다.

시원할 것 같아서 팬티만 입은 채 들어갔더니, 올해 처음 느끼는 여름이었다.

처음으로 점토를 만지다. 예전에 써봤던 기름 찰흙과는 성질이 달라서 갑자기 긴장하다.

다이키는 내일부터 오지 않는다. 이 선생이 차로 데려다 주어서 기쁜 듯이 돌아가다. 마지막까지 귀여웠다. 학교 잘 다녀.

조금 지나서 "근육이 좀 붙었나?"라고 말하며 미나미도 돌아가다.
여자 미술대학에서 전시회가 있다고 한다. 이곳의 금욕 생활을 조금은 보상받으려나.

8월 31일

저녁 무렵에 차로 교토에. 후쿠오지 교차점 앞에서 조수석에 앉아 있던 우에미네가 "아아!"라고 소리 질러서 무슨 일인가 했더니 백미러가 전봇대에 부딪혀 안쪽으로 접혀 있었다.
아하하, 큰일날 뻔했다.

우에미네를 보낸 후, 덤타입에게서 빌렸던 전기톱을 돌려주러 가다.
나는 흥분한 기색으로 주절댔지만, 지금의 생활을 말로 전달하는 건 사실 답답하다.

망간 일기 4

9월 1일

겨울잠 자러 오가키의 집으로 돌아오다.

방이 먼지투성이여서 먼지 알레르기가 있는 나는 바로 콜록거리다. 목욕탕 배수구에선 풀이 조르르 자라 있었다.

9월 2일

IAMAS 학장인 요코야마 씨가 희귀본 도서관을 보여주다.

근사한 장서들이 완벽히 분류되어 정연하게 꽂혀 있다.

요코야마 씨는 저작도 많고, 또한 범상치 않을 만큼 다양한 분야에 대해 알고 있다.

요코야마 씨는 동굴에 관한 연구도 하고 있는 듯해서, 'grotto'라고 분류된 파일에는 동굴에 관한 메모와 기록이 잔뜩. 고맙게도 복사해주시다.

로마 시대에 시트라라고 하는, 동굴에서 의식을 벌였다는 종교에 흥미를 갖게 되다.

망간 기념관에서의 네트워크 환경을 조금이라도 좋게 하기 위해 휴대전화와 컴퓨터를 연결할 케이블을 구입.

요시다 씨에게 설정을 부탁해서 그럭저럭 서버에 연결했다.

오늘, 교토 비엔날레의 기자간담회에 맞춰 교토에 갈 작정이었지만, 오가키에서의 일이 길어져서 가지 못하게 됐다.

집 근처 가드레일에 차를 긁다.

9월 3일

오가키에서 교토로. 점심때 지나서 교토예술센터에 들르다. 주차장이 좁아서 차를 뺄 때 두 번이나 부딪치다. 그

광경을 보던 이자와 씨와 다케시타 씨의 눈에 눈물이 고이다. 어떤 의미의 눈물이지?

범퍼가 떨어져서 테이프로 붙여놓고 출발.
우에미네가 "좀 더 차에 애정을 가져야 해요~"라고.
그런가, 애정의 문제였나.

망간 기념관에 돌아오니 콘센트가 빠져 있어서 냉장고가 엄청난 상태.
귀중한 고기가!
안에 석탄을 잔뜩 넣어서 냄새를 빼다.

9월 4일
쇼헤이 부부 등장. 샤모테(내화 점토를 가열한 뒤 부수어 가루로 만든 재료—옮긴이)를 섞는 방법과 손으로 개는 방법을 가르쳐주다.

이 선생이 교토 비엔날레 소개 기사가 실린 〈교토신문〉을 복사해서 가져왔다.
"다카미네 씨, 주목받는 것 같네."

내 이름이 먼저 실린 것을 보고 그렇게 말하다.

눈가가 조금은 웃고 있는 듯도 보이다.

9월 5일

이 선생이 단체 관람객을 상대로 강연을 한다고 해서 "비디오 좀 찍어줄래?"라고 우에미네에게 부탁하다.

나도 함께 견학하다. 이 선생은 명확한 목소리로 당당하게 이야기하다.

내가 이 선생의 강연을 들은 것은 두 번째이지만, 지난번 중고생 대상일 때보다 '차별의 역사'에 좀 더 역점을 두어 이야기한다고 생각했다.

끝난 후, 이 선생은 다가와서 "하하하, 어땠어?"라고 물었다.

이 선생은 처음으로 우리에게 '활동가 이용식'을 보여주었다.

부모님께 음식을 보내달라고 부탁했더니 엄청난 양을 보냈다.

그다지 많은 이야기는 하지 않지만, 분명 신선같이 살고 있다고 상상하고 계시겠지.

냉장고가 차가워지지 않아서 이 선생이 전선을 끌어다
주었다.
한편, 분기점에서 전선이 끊어져버려서 나는 그때 처음
으로 포클레인 운전을 해보았다.

밤에 이 선생이 '도키와'라는 유명한 정육점에서 스지육
(소나 돼지 힘줄이 있는 고기─옮긴이)을 사주다. 맛나다.
정치경제와 전쟁에 관해 이야기하다.
이 선생의 이야기는 그야말로 명료해서 불투명한 것이
없다.

오가키 집에서 보스(BOSE) 스피커를 가져와서 큰 음량
으로 음악을 들을 수 있게 되었다. 전에도 망간 기념관에
서 라이브 공연을 했다고 하는, 아라이 에이치(新井英一)
의 곡을 듣다. 나는 처음 들었지만, 재일코리안에 관해
노래하는 재일코리안은 드물다고 한다.
이 선생이 조금 수줍어하면서 "모차르트, 듣나?"라며
CD를 가지고 오다.
이곳은 계곡에 있어서 산에서 되돌아오는 메아리가 근사
하다.
셋이서 잠시 잔향을 들으며 황홀해하다.

계속 이곳에 있으면 좋을 텐데, 하는 기분이 들다.

9월 6일

오늘은 게이호쿠초의 세미나 하우스에서 이 선생의 강연회가 있다.

비디오 촬영을 부탁받았기에 우에미네와 삼각대를 들고 나가다.

멋진 장소에, 청중도 많다. 강연에 앞서 기념관에서 제작한 비디오를 상영하다. 전쟁 중 강제연행의 증언을 모은 다큐멘터리로, 이 선생이 인터뷰를 하고 있다. 소리가 잘 안 들리는 것이 결점.

이런 때 비디오의 퀄리티가 신경 쓰이는 것은 직업병이겠지.

납치 문제에 관해, 북한의 납치는 용서할 수 없고 절대 해서는 안 될 짓인데, 그렇다면 마찬가지로 전쟁 중이라는 상황에서 강제연행도 절대 해선 안 될 짓이잖아. 왜 이걸 문제 삼지 않지?

9월 7일

긴 호스를 계곡 상류까지 끌고 올라가 고저차를 이용해 물을 끌어오다.

밑에서 입으로 빨아댔지만 좀처럼 물이 나오지 않다.

펌프로 역류시켰더니 콸콸 흐르기 시작했다.

처음엔 흙탕물이었지만 점점 투명해지더니 마지막엔 무척 맑은 물이 되었다.

펑펑 흐르는 채로 두니 우리의 감각으로는 어쩐지 아까운 생각이 든다. 물 흐름은 불안정하지만 계곡물의 기분을 일일이 알 것 같은 생각이 들어 곧 익숙해졌다.

9월 8일

이번에 취재했던 〈시나노 매일신문〉에서 기사를 보내주다.

문화면 1면에 실린 큰 기사였다. 그렇게 취해서 비틀대며 취재했는데 잘도 깔끔하게 정리했구나, 하고 감동했다.

마지막 문단에 "실은 내 연인이 재일코리안이다. 그녀와 사귀며 생각해온 개인적인 문제를 이 탄광터를 빌려 보여주고 싶다. 그리고 이를 통해 내가 태어나지 않았던 시

대, 역사 문제로까지 자신의 리얼리티를 확장하는 일이
가능할지 어떨지, 다양한 의미에서 시험해보는 작업이
될 것이다"라고 되어 있다.
나는 이런 측면을 이 선생에게 보이는 것이 창피하게 여
겨진다. 이 선생에게 기사를 보여주는 동안에도 어쩐지
겸연쩍다.

9월 9일
전단지용 사진을 촬영하다.
동굴에 들어가 회중전등을 휘둘러가며 장시간 노출로 사
진을 많이 찍다.

오랫동안 고민해왔던 작품의 제목, '검은 국경'을 바꿔
'재일의 연인'으로 결정.
전단지를 위해 제목을 검은색으로 엄청나게 써서 펼쳐놓
고 있자니, 이 선생이 왔다.
"오, '재일의 연인'인가? 꽤나 로맨틱하잖아."
네네, 로맨틱하죠.
"글치만 다카미네 씨가 재일이라고 말해도 말이지, 어쩐
지 김빠지네. 뭐랄까, 그렇게 진지한 척하지 않는 편이

안 좋을라나?”

·········라나 뭐라나.

9월 10일
전단지 사진을 다시 찍다.
어제 바로 그 자리에 박쥐 한 마리가 매달려 있다.
내가 회중전등을 들고 왔다 갔다 하니까 점차 눈을 뜨더
니 흘끔흘끔 주위를 둘러보고 있다.

이 주변에는 필름을 CD로 구워주는 서비스를 해주는 곳
이 없어서 디지털 영상밖에 쓸 수 없다.
후진 영상으로 A4 크기는 힘들구나.
아빠가 된 기무라가 갑자기 나타나서 “우타, 우타”라고
아기 이름을 부르며 점토로 ‘우타짱’을 만들고 있다.
음감이 발달한 기무라에게 이곳의 음악 환경은 위험한
듯하다.
인도네시아의 대나무로 만든 가믈란(인도네시아의 타악기
를 중심으로 하는 대표적인 전통 음악—옮긴이) 연주를 최대
볼륨으로 틀어놓고 황홀해하고 있다.

9월 11일

오늘은 K가 온다. 도착은 심야.

오늘 밤은 별이 아름답다.

9월 12일

K와 이 선생, 대면하다.

K는 이 선생의 안내로 긴 시간 동안 망간 기념관을 견학했다.

어디서 산 것인지 '헌법 제9조'라고만 쓰인 티셔츠를 입고 있다.

"재일코리안끼리는 어쨌건 동포 의식이 있다구"라는 K.

외국에서 일본인과 만났을 때 느끼는 멋쩍음 같은 것과는 다른 감각일까나.

K는 서울에서 대학에 진학할까 말까 고민하고 있다.

대학에 갈 생각으로 가득했는데, 여기에 오기 이틀 전에 믿었던 지인이 강하게 반대했다고 한다. 한 치 앞이 깜깜한 느낌.

이러한 어둠도 재일코리안이라는 사실에서 기인하는 것일까?

9월 13일

교토 비엔날레 자원봉사자 회의로 교토예술센터에.

접수처 스태프를 어떻게든 확보하지 않으면 안 된다. 청결함을 강조하다.

우에미네는 도쿄에. 인도 사람인 시딜트를 픽업해서 게이호쿠초로 돌아오다.

바로 얼마 전에 만난 참이지만, 작품을 도와주고 싶다고 나서주었다.

동굴에 데리고 갔더니 "이런 곳을 사용할 수 있게 되다니, 당신은 대단히 운이 좋아"라고 말했다.

9월 14일

이 선생에게 시딜트를 소개했더니, 잘못 듣고 "아, 즈다 씨예요?"라고 말해 폭소.

이곳에서 그의 호칭은 '즈다 씨'가 되다.

이 선생의 어머니를 댁까지 모셔다 달라고 해서 K와 함께 차를 타다.

어머님은 수예가 취미여서, 수제 인형이나 자수를 많이 보여주셨다.

어머님과는 보통 때 거의 접촉이 없어서 귀찮아하시지 않을까 걱정했지만, 그렇지 않았던 모양이어서 안심했다.

9월 15일

나와 K와 이 선생.

이 삼각형을 어떻게 영상에 기록할 수 있을까?

나와 K, 나와 이 선생, K와 이 선생이 각자 둘씩 이야기하는 모습을 세 편으로 찍을까 생각하고 있었다. 그렇지만.

오늘도 이 선생이 스지육을 사 와서 맥주를 마시면서 이야기를 나누었다.

아니나 다를까, 이 선생의 독무대여서 나도, K도 입을 열틈이 없다.

이 선생과 K를 담고 있는 프레임은 아무래도 균형이 안좋다.

앵글을 바꾸어 이 선생 혼자만 포커스.

오늘은 유교의 폐해에 관한 이야기가 나왔다.

"선배라는 인간이 무능한 경우가 문제야. 어째서 멍청이를 따르지 않음 안 되냐고."

이야기는 발전해서, 흑선(쿠로후네. 에도 시대 말기에 선체를 타르로 검게 칠한 서양 배를 이렇게 불렀다. ―옮긴이)이 도래한 당시 일본의 움직임이 대단했다든가, 제2차 세계대전이 끝난 후 한반도의 대처는 어리석기 그지없었다든가, 한글이 만들어진 이유라든가, 미국은 어처구니가 없다든가, 이런저런 이야기를 했다.

그리고 마지막으로,
"나는 강제연행의 사실을 증명할 테야. 그렇게만 된다면 내가 할 일은 다 한 거야"라고.
나는 이 부분을 찍지 못했다.

9월 16일
낮에 K를 스케치. 오랜만의 데생.
장을 보고 돌아오니 누군가가 있다.
덤타입의 다카다니 씨와 마에다였다. 선물에 체리 통조림이 들어 있어 크게 웃다.
모처럼이니까, 오늘 아침 이 선생에게 받은 자연산 은어를 숯불에 구워 함께 먹다.

덤타입은 이제 곧 미국 투어를 떠나서 교토 비엔날레를 볼 수 없기에 두 사람을 동굴로 안내했다. 아직 텅 비어 있지만.

풍로로 도자기가 구워질까? 점토를 넣어 파닥파닥 부채질하니 정말 잘 구워진다. 그런가, 생선 굽는 김에 이렇게 도자기가 되는구나.

9월 17일

K를 교토 역까지 데려다 주기 위해 새벽 5시 반에 출발.
차 안에서 촬영.
"모두들 이 선생님과 이야기를 나누면 좋겠네."
왠지 마음이 개운해진 모습이다.

게이호쿠초에 돌아와서, 혼자서 도쿄에서 돌아온 우에미네를 픽업.
"나, 운전 많이 는 것 같아"라고 말한 순간, 뒤를 받다.
"도쿄는 어땠어?"라고 묻자,
"안 가는 편이 나을 뻔했어요"라고. 망간 기념관과의 간극은 재미있었던 것 같다.

쇼헤이가 와서 거대한 항아리를 만들기 시작하다.

어제 풍로로 구운 도자기를 보여주었더니 "1,000도 이상은 되네"라고 말하다.

이 선생은 역시 광물에 대한 지식이 풍부해서, 도자기 유약에 쓸 수 있는 광물에 대해 쇼헤이에게 여러 가지 질문을 한다. "나도 뭐 하나 만들어볼까나"라더니, 쓱쓱 다완을 만들기 시작했다. 좀처럼 잘 안 되는 모양으로, 중얼중얼 불평하다.

9월 18일

쇼헤이가 "이제 구워볼까"라고 말해서 내열 벽돌 40개를 쌓아 간이 가마를 만들다.

작은 것밖에 들어가지 않아서 소품부터. 점점 온도를 올려 마지막엔 석탄을 태우는 중에 아무렇게나 던져 넣다. 새빨갛게 구워진 흙은 마치 살아 있는 듯 아름답다.

꺼내서 톱밥 속에 던져 넣다. 결국, 걱정했던 것만큼은 깨지지 않는다. 계속 굽는다.

이 선생이 이산화망간 덩어리를 가지고 와서 "이것을 깨서 도자기에 쓸 수 없을까?"라고 제안하다.

이 선생 쪽에서 작품에 관해 제안한 것은 처음이지만, 요점을 파악하고 있다고 생각했다. 파내지 않을 뿐, 아직도 이 땅에는 망간이 묻혀 있는 까닭이다. 망간 자체는 전쟁과도, 강제연행과도 관계없이 아득히 먼 옛날부터 이곳에 묻혀 있으니까.

겨우 점토에 익숙해져서 내 맘에 드는 것을 몇 개인가 만들 수 있게 됐다. 망간 유약은 다음 단계일지도 모르지만, 꼭 써봐야겠다고 생각한다.

아침나절에 쇼헤이는 훌륭한 항아리를 완성하고 돌아갔다.

9월 19일

하라히사코 씨가 〈ART iT〉이라는 새로운 예술 잡지의 취재로 찾아왔다.

반중력 죠니(2000년 전후에 활약했던 일본의 펑크 밴드 — 옮긴이)의 하야시와 함께. 동굴에 가보더니 마음에 드는 모양이다.

나는 작업으로 다급해져서, 두 사람에게도 도와달라고 하다.

이 새로운 잡지가 어떤 것인지는 모르겠다.

나는 "우리가 주목하는 일본의 현대 아티스트 100인, 100인 중에서도 10인!"이라는 제목의 특집에 뽑혔지만, 여기에는 '포스트 나라카미'(일본을 대표하는 현대 미술가로, 세계적으로 유명한 나라 요시토모와 무라카미 다카시의 다음 세대를 일컫는 말―옮긴이)라는 말이 앞에 붙어서, 일본 최초로 영문 혼용 예술 잡지라는 명분을 내세우는 것 치고는 이렇게 내부 의식을 드러내서 괜찮을까, 라며 취재를 거절했다. 그 후 타이틀이 변경되어 오늘 취재하게 됐다. 그러나 현대 미술 매체의 '편협함'에 대해 이곳 망간 기념관에 있으면서 한층 더 생각하게 된다. 이곳은 손으로 만든 박물관으로, 3년에 걸쳐 길을 넓히고 아스팔트를 깔고, 좁았던 탄광을 발파해서 넓혔으며, 마네킹을 설치해 당시의 모습을 재현하고, 자료를 긁어 모아 자료관까지 만들었다.

전부 이 선생 가족의 수작업이다. 기념관 자체가 이 선생 가족의 작품이라 말해도 된다.

3년간이라. 나는 할 수 있을까?

먼저 경제적으로, 그다음으론 기술적으로 절대 무리다. 나에게 가능한 일은 조금 더 그럴싸한 마네킹을 만드는 정도겠지.

그리고 내가 하고 있는 일 모두 '마네킹을 만들기'가 아닐까?

마네킹의 입을 크게 벌려 이야기를 하게 하는 것뿐이 아닐까?

무엇보다 망간 기념관에는 현대 미술 작가가 추구해 마지않는 '정치적 메시지'가 있다. '사회문제에 대한 언급'이 있다.

더구나 가장 놀라운 일은 미술관에 기생하는 한 실현할 수 없는 '급진적 태도'가 이곳에서는 실현되고 있다는 사실이다.

이 선생 일가가 살아온 역사가 고스란히 망간 기념관이라는 '작품'과 정확히 일치하고, 그 사실이 이런 급진적인 태도를 가능하게 한 것이다.

이를 누구도 문제 삼지 않는다.

망간 기념관은 미술 잡지에서는 다룰 수 없다.

9월 20일

저번 애니메이션 작품에서 썼던 기름 찰흙 2톤을 1년간 도쿄국립근대미술관에서 보관해주었지만 결국 파기한다고 한다.

7만 엔의 운송료는 아깝지만, 나는 물건을 버리지 못하는 성격인 데다가 물건을 샀던 사람에게는 그에 대한 책임이 따른다고 생각한다.

(즉, 예술이란 무엇인가? '물건을 소중히 생각하는 것'이라는 식으로 말이다.)

이 선생의 허가를 받아 오늘 이곳으로 배달해달라고 했다.

이번 작품에도 조금은 사용하자고 생각한다. 음.

화장실 입구에 커다란 말벌 집이 있던 것을 이 선생이 업자를 불러 퇴치함.

부탁해서 벌집을 받았다. 벌집을 열어보니 죽어가는 말벌이 무더기로 들어 있고, 가슴이 아픈 듯 몸을 말고 떨고 있다.

유충이 가득 들어 있어서, 처음에는 다카무로가 입에 머금다. 복잡한 표정.

나도 먹어보다. 마찬가지.

9월 20일

다카무로와 사토는 어쩐지 기분 나쁜 오브제를 착착 만들다.

견본은 이 주변의 지층에서 출토된 '방산충'이라는 미생물. 이 자료도 이 선생이 "이거, 어떻게 할래?"라며 가져다준 것이다.
2만 가지 형태가 발견되고 있다고 한다.

인도 사람 '즈다' 씨와 아쓰코짱이 히치하이크를 해서 오다.

9월 23일
인쇄가 끝나서 전단지가 도착했다. 이 선생이 게이호쿠초 관청에 가져가자고 제안.
함께 관청으로 가다. 이 선생, 역시 세다. 나는 공무원에게 그런 말투를 쓰는 사람을 처음 보았다. 관청에서는 천막을 빌리기로 했다.
신문에 접어 넣는 전단지로 자원봉사자를 모아볼까?

밤에 동굴로 올라가 돌벽에 드릴이 들어가는지 어떤지 시험해보다.
우와, 단단해! 어떻게 점토를 진열할 것인가?
박쥐 한 마리가 날아다니고, 세 명이서 낑낑대며 작업하다.

시간이 없다. 이 선생도 매일같이 재촉한다.

9월 23일

오늘은 교토예술센터에서 파견한 자원봉사자가 아침부터 열여섯 명 오기로 하다. 전시 기간 중에 접수를 맡아줄 스태프를 모집해야 하기 때문에 오늘의 인상은 중요하다. 깨끗하게 청소를 하고 기다리다.

이 선생에게 부탁해서, 기념관의 입장료를 무료로 해달라고 했다.

(음, 이는 조금 잘못했을지도. 그래도 버스비가 꽤 드니까.)

모처럼이라고 인도 사람 즈다 씨가 차파티(인도의 주식으로 밀가루를 얇고 둥글게 구운 음식—옮긴이)를 구워 모두에게 대접해주었고, 서서 먹었다.

절반 정도는 바로 돌아가버렸고, 나머지는 남아서 함께 작업하다.

여자는 강가에서 돌을 주으러. 남자는 산에서 덩굴을 옮기러.

오야마다 도루, 멘주 부부가 갑자기 찾아와 깜짝 놀람.

마침 잘됐다고 해야 하나, 덩굴을 들여놓는 일을 도와

주다.

볼일이 있었던 이 선생도 남아서 함께 해주었고, 어떻게 든 순식간에 네 그루를 들여놓을 수 있었다.

9월 24일

인도 사람 즈다 씨는 동굴이 좋은 듯 자주 올라간다.

점점 추워져서 밤에는 재킷을 입는다.

맥주가 줄어들지 않는다. 대신 소주를 뜨거운 물에 타서 꿀꺽꿀꺽 마시고 몸을 녹인다.

9월 25일

아침부터 비가 많이 와서 굴착기 촬영을 할 수 없다.

이 선생이 전기톱으로 통나무를 자르기에 뭘 만드나 했더니 눈 깜짝할 사이에 테이블을 만들었다.

노송나무의 널빤지에서 좋은 향기가 난다.

"써주면 고맙지"라고. 참말로!

9월 26일

겨우 날이 개어 포클레인에 붙인 카메라로 촬영하다.

예전부터 이 선생에게 촬영을 위해 포클레인 운전을 부탁했지만, 무엇 때문에 그런 걸 하느냐고 오늘도 이야기한다.

하지만 운전을 시작하자 신이 나서, 포클레인의 삽을 빙빙 휘두르고 있다. 나도 조금 운전해봤지만 무서워서 깜짝 놀람. 얼추 촬영했길래 좀 봐볼까나 싶어 카세트를 꺼내려 했는데 뚜껑이 열리지 않는다.

결국 아무리 해도 안 돼서, 카메라를 모조리 분해해 카세트를 구출했다. 안녕, 나의 DV 제1호기.

저녁 무렵 쇼헤이 부부가 찾아옴.

조금 큰 작품을 굽기 위해 가마를 새로 만들었다.

근처의 정미소에서 왕겨를 많이 받아 오다.

오늘은 예열이 잘 안 된 탓인지 작품이 펑펑 깨지다. 깨져버렸다!

"도예가라는 것은 전시회 직전에 작품이 전부 깨져버려도 그다지 충격을 받지 않도록 마음의 준비를 하고 있다고"라고 쇼헤이가 말하다. 과연.

뜻밖에도 이 선생이 밤 1시 반에 나타나다.

전시회가 걱정인 게 틀림없다.

가마의 잔열로 마늘을 굽거나 달걀을 굽거나.

기막히게 맛있는 일본주.

내 것은 펑펑 깨지는데, 이 선생이 만든 다완은 깨지지 않다.

이 선생은 "이겼다, 이겼어" 하며 즐거워하다.

결국 아침 5시 반까지 우에미네와 셋이서 술을 마시다.

작품의 콘셉트 등을 말하며 이러쿵저러쿵 고민하는 것이 왠지 어린애같이 생각되어 어쩔 수 없었다.

즈다 씨를 아침 8시 반에 버스정류장까지 데려다 주고 그대로 죽은 듯 잠들다.

9월 27일

〈L 매거진〉의 취재.

망간 기념관 이야기도 묻고 싶다고 해서 이 선생도 함께 했다. 시종일관 좋은 분위기였다.

여러 가지 이야기를 했지만, 어디까지 전달될 수 있을

까?

내가 했던 이야기 중에서 무엇이 잡지에서 걸러질까?

덤타입의 작품 'S/N'(설치 작업을 포함한 프로젝트로, 1992년에 시작되었고 1994년 호주의 아델레이드 페스티벌에서 처음 공연되었다. 젠더, 에이즈, 섹슈얼리티를 중심으로 인종과 국적, 모든 소수자와 차별 등의 사회문제를 정면으로 다룬 작품으로, 퍼포먼스뿐 아니라 'S/N을 위한 세미나/쇼'(1993)와 같이 여러 커뮤니티와 연계하는 사회운동으로까지 전개되었다. ─옮긴이)을 떠올렸다.

인터뷰할 때, 나는 '발신'하는 쪽에 속해 있지만, 실제로 무엇을 '발신'하고 있는 걸까?

이 선생과 함께 찍힌 사진, 이 사진은 쓸 수 있을까?

다카무로에게 장작을 패달라고 부탁했더니, 이 선생이 "이렇게 쪼개는겨"라며 시범을 보여줌. 있는 힘껏 손잡이 부분으로 내리쳐서 자루가 쪼개져버리는 바람에 폭소.

우에미네에게 비디오 편집을 맡겼더니, 요 며칠간 방에 틀어박힘.

그는 원래 비디오 전문인데도 "아, 이제 싫다아아"라고 말하다. 자료가 많긴 하지.

하지만 산골에서도 비디오를 편집할 수 있는 현대성이
기분 좋다.

9월 28일

우에미네가 담당한 비디오 편집본이 완성되었다.

이는 제작 과정의 이모저모를 촬영했던 기록 영상인데
테이프가 열 개 정도나 돼서 편집이 힘들던 모양이다.

교토예술센터의 전시는 비디오 자료를 대여섯 편으로 나
누기로 했다.

이 선생, K, 각각 한 편으로.

간격을 두고 녹화했던 우리의 아틀리에 풍경을 우에미네
가 가지고 있는 기터(gitter)라는 소프트웨어로 만져보았
더니 재미있었다.

녹화 영상을 국가(國歌)와 맞춰서 두 개로 나누다. 오오,
국가(國家)여.

포클레인에 부착했던 카메라는 사용할 수 있을까?

그런데 기록 영상에는 내가 매일 취한 것처럼 찍혀 있다.

재미있다면 재미있지만, 스스로 그렇게 연출한 것처럼
보이기 때문에 너무 익살스러운 장면은 확 잘라냈다.

아무리 그래도 못생긴 장면이 많아서 조금 충격.

하지만 최근에는 나 자신이 이런 식의 모습으로, 이런 움직임을 하는 동물이라는 점을 자각하게 되었다.

이 다큐멘터리는 재미있으면 돼, 라는 생각으로 편집해달라고 했지만, "우리들, 이렇게 대단한 일을 했다구!"라는 듯한 값싼 무용담이어선 곤란하다.

특히 그렇게 보일 법한 화려한 전기톱이나 포클레인 장면은 되도록 줄였다.

9월 29일

날씨 맑음. 오늘은 처음으로 들불 소성(지면이나 땅에 얕게 구멍을 파고 불을 놓아 도자기를 굽는 방법. 가마에 비해 온도가 낮아 토기를 만드는 데 이용한다.—옮긴이)을 하는 날. 급하게 미나미에게 와달라고 하다.

쇼헤이 부부는 아침부터 와서는, 준비해놓은 장작이 부족하다고 말해서 먼저 장작을 모으러 가다.

작품을 늘어놓고 "자, 불을 붙이자고"라고 말할 때 비가 내리다. 대피.

쇼헤이가 만든 큰 항아리를 한가운데에. 이것만큼은 절

대로 깨지지 않았으면.

들불 소성은 아주 뜨겁다.

땀을 닦으면 버석, 소금기가 묻어난다.

치사토짱은 얼굴에까지 수건을 감아서 학생운동 투사 같다.

쇼헤이 부부는 무척 차분하고 신중하게 작업을 진행했지만, 세 시간이 지나자 "슬슬 승부를 내볼까"라며 단숨에 불로 다가가다. 나는 조마조마.

마지막으로, 모아둔 잡초를 그 위에 덮어주자 근사하게 흰 연기가 피어오른다. 쇼헤이 부부가 새벽 4시에 돌아가고, 나는 그 후 연기를 촬영했다.

오늘 찍은 인터벌 촬영도 재미있었다.

9월 30일

이번 설치 작업은 내가 지금까지 했던 것 중에 가장 어렵다.

어두운 데다 전체가 한눈에 들어오지 않아서 좋은지 나쁜지 전혀 알 수 없다.

밤에 언제나 그렇듯 산에서 내려가 휴대전화로 메일을 확인하고 있으니, 순찰차가 바로 앞에 서다. "뭐 하고 계십니까?"

아무래도 기후현 번호를 단 수상쩍은 차가 있다고 신고가 들어간 모양.

기후현이라면 역시 파나웹(종교 단체의 하나로, 반공주의를 주장한다. 인체에 유해한 전자파로부터 몸을 보호하기 위해 흰색 마스크와 두건, 장화, 코트 등을 입으며, 차량에는 전자파를 막는다는 소용돌이 모양의 도안을 붙인다. 2003년에 기후현에서 산길을 점거하기도 하고, 천재지변이 일어난다며 회원들을 대피시키기도 했다.─옮긴이)이 떠올랐을까?

컴퓨터 빛을 받으며 푸르게 빛나는 수염이 덥수룩한 남자 둘이 매일 밤 차 안에서 부스럭거리고 있으니, 이상하게 보이는 것도 당연한지 모른다.

도예가라고 말하며 생글생글 애교를 부렸다.

K로부터 온 편지

오늘도 동대문에서 일하고 왔어.

요즘 너무 잠이 안 와서 시장에 나오면 머리가 몽롱해질
정도로 졸린데도, 집에 돌아가면 또 잘 수가 없어. 이것
도 시기를 타서 마침 요즘이 그런 때 같아. 원래 나는 잠
을 잘 자는 편이니까.

얼마 전에 책 한 권을 읽었어.

한 권을 끝까지 다 읽은 건 정말 오랜만이었어.

모리 히로시와 강상중의 대담집 《내셔널리즘의 극복》이
라는 책.

강상중이 맺음말에서 쓴, "나는 아직 '민족이라는 병'을

앓고 있는지도 모른다"라는 구절이 인상적이었어. 나에게는 '민족이라는 것을 생각하지 않을 수 없는 병'인 것 같아서, 그 병에 걸려 있다고 생각했기 때문에. 게다가 실은 많은 사람이 걸려 있는 것 같은 생각이 들어.

이 병으로부터는, 그 자각 증상을 기반으로 계속 싸워온 경험을 입장권으로 바꿔야만 겨우 해방될 듯해.

반면에, 조금씩 해방되어서 말 그대로 완전히 해방이 찾아올 경우를 상상하면, 점점 불안함을 느껴(실제로 문자 그대로의 '해방'. 그런 일이 일어날까, 또 그때의 상태를 상상하는 게 어렵긴 하지만).

나는 태어났을 때부터 본명만 썼고, '일본인이 아니라 조선인'이자 '재일코리안'이라고 이야기하고, 통일이나 민족 같은 말을 들을 기회가 많았고, 가족과 친척 간에 흔히 말하는 제사라든가 나라에 있는 합동 묘지에 성묘를 가거나 그 친족회에 가고, 집에는 돌하르방(제주도의 할아버지 석상)이나 전통 인형이나 그 외 장식품이나 그릇, 내 치마저고리가 있고, 저고리를 짓는 일을 하는 할머니가 계셔서 시골 할머니 집에 가면 저고릿감이 잔뜩 걸려 있고, 새해에는 모두 저고리를 입고 할머니 집에 모여서 친척들과 우리말로 새해 인사를 나누고, 친척의 명칭은 모두 한국식으로 부르고, 일상의 간단한 인사는 한국어로 하고, 초등학교 때는 일본 학교였는데도 민족 학급이라는 수업이 있었고, 길에서 만나는 아는 사람에게 인사는 "안녕하십니까"와 "곤니치와"를 분간해서 쓰고, 길을 가는 할머니/할아버지의 모습에서 오사카 사투리와 제주도 방언이 뒤섞인 대화를 들었고, 조선 학교에 다니는 학생의 치마저고리 차림, 김치 가게, 한국 음식점을 일상적으로 보고 자랐어.

그런데도 말이지.

때때로 재일코리안들이 모이는 장소에 가서 "그곳에 있는 모두 같은 재일코리안으로서의 나"가 될 때, 공백을 지닌 불완전한 나 자신과 마주쳤어. 동시에 그것이 소용없는 일처럼 느꼈어.

나는 완전한 나인데도 '재일코리안으로서의 나'는 불완전한 나구나, 하고 느껴지면 자신감이 사라졌지.

그리고 재일코리안이라는 점을 진지하게 생각하고 있는 다른 재일코리안들과 이야기를 나눌 때는, '나'가 드러나지 않아.

재일코리안이기 위해서는 코리아를 더욱 잘 알아야 한다든가, 우리말로 이야기해야 한다든가, 재일코리안이라는 사실에 대해 고민해야 한다든가, 코리아를 고향이라고 생각해야 한다든가……. 그렇게 "되어야만 하는 재일코리안 상"에 맞아떨어지지 않는 스스로를 이단자로 여기면서 자격이 없다고 느꼈을지도…… 몰라.

난 어릴 때 몇 번은 '재일코리안'이라는 것이 '성가시다'고 생각한 적이 있었어.

한국에 오게 될 만큼, 어째서 나는 재일코리안에 얽매여 있는 것일까.

어째서 집착하는 것일까.

처음에는 그렇지 않았을 텐데, 말하는 만큼 '재일코리안'에 대해 생각하지 않았을 텐데.

콤플렉스가 될 정도로, '생각해야 한다'라고 여기면서도 실은 생각하지는 않았는데 말이야.

단지 그 시기는 단순히 '일본 혐오'의 상태였던 탓에, 밖으로 빠져나오는 하나의 경유지라고 생각하고 온 곳이 '한국'이었어.

원래는 2~3개월만 있다가 바로 나갈 생각도 있었어.

그게 1년 6개월이 지난 지금도 아직 이곳에 있어.

게다가 언제 떠날지 몰라.

이곳에는 나를 붙잡는 무언가가 있는 것처럼 느껴져.

그런데 그 무언가는 무시해도 괜찮은 걸까.

망설일 때도 있어, 이 무언가를 '뛰어넘어볼까', '무시하고 지나쳐버릴까' 하고.

실은 어느 쪽이라도 괜찮지 않을까, 라고 생각하면서.

그래도 그렇게 생각하고 나서 다시금 모르는 사이에 신경 쓰고 있다는 데 생각이 미치면, 아, 진짜로 어느 쪽이라도 괜찮은 걸까? 그 책의 제목처럼은 아니지만, 역시 극복해야 한다고 생각해.

신경 쓰기 시작하는 것은 대개 매일같이 몇 번이나 받는 질문에 답을 할 때마다.

"한국 사람 아니죠?", "발음이 이상하네요", "어느 나라 사람이에요?", "일본인이세요?"

예를 들어 이런 질문은 식당에서 "라면 한 그릇이요"라든가, 커피숍에서 "카페라테 주세요"라든가, 또 택시를 타고 "이대 후문 쪽으로 가주세요" 등, 내가 말을 하면 따라서 돌아오는, 아주 당연하다는 듯 내뱉는 것이야.

내 경우에는 그럴 때마다 머릿속이 복잡해지고 말지.

그게 싫으니까 항상 긴장해서 말을 꺼내고 꼭 필요한 말 외엔 하지 않도록 마음먹지만, 마음먹는 게 피곤해.

마음 편안하게 이어지는 대화란 아주, 아주 드물어.

말이 어색하니까 '한국인이 아닌' 것이고, 그렇다면 "무엇인가?"라고 질문 받는 셈이지. '꼬치꼬치 캐묻고, 정말 시끄러워'라고 생각해.

아, 그렇지만 생각해보면 "외국인이에요", 아니면 "오사카 출신이에요" 정도는 대답할 수 있을지도.

그런데 내가 그렇게 대답하면 "아아, 일본 사람이네요"라는 말을 듣게 되겠지.

그래서 "아니에요"라고 대답하면 농담이라고 받아들일 테고.

내 경우에는 "일본인입니다"라고 대답할 수 없기 때문에 귀찮아지는 거라.

일본인이 아니라고 어렸을 적부터 들어왔기 때문에, 나는 스스로를 일본인이라고 생각한 적이 없으니까.

그런데 그다음 단계의 질문이라고 묻는 것이 "일본 남자와 한국 남자, 어느 쪽이 좋아?", "일본 대 한국으로 시합하면 어디를 응원해?", "일본 생활과 한국 생활, 어느 쪽이 재미있어?" 등이야.

요즘은 "일본 사람?"이라고 물으면 "네, 일본인이에요"라고 대답하는 재일코리안도 많아.

귀찮으니까 그렇게 대답해버리는 게 충분히 이해돼.

정말로 지긋지긋하니까.

게다가 현실적으로도 재일코리안과 한국인 사이에는 차이가 있으니까.

배려 없는 말로 상처를 입히거나 기분을 나쁘게 하거나 화나게 만드는 사람은 어디에든 있어.
무지한 사람들에게 화가 나지만, 나도 알지 못하는 일이 무척 많으니까 그런 사람만을 탓할 수는 없지. 그런데도 무례한 사람은 때로 무시하고 싶어져.
그래도 나는 '민감한 나 자신'에 대해서도 고려해야 한다고 생각해. 그저 상처 입거나 기분 나빠하거나 화를 내면서 일방적으로 탓할 게 아니라.

'한국'에 와서 사람들과 접해보니 들었던 대로 '재일코리안'에 대해서는 알지 못했고, 그 상황을 직접 경험했고 지금도 계속 경험하고 있어서, 이게 나를 계속 자극해.
그래서 깨닫게 돼.
'재일코리안에 얽매인다.' 이런 표현도 적절하지 않을지 몰라.
언제나 신경이 쓰이는 것은 '재일코리안'이라는 명칭이 아니라, 이곳 한국에서 생활하면서 항상 부딪히지 않으면 안 되는 '나 자신'이고, 결국 '어쩔 수 없이 재일코리안인 자기 자신'으로 돌아가버린다는 것.

그리고 매일 사소하게 주고받는 대화와 이런 생각을 불러일으키는 환경에 대해.

지금까지 해온 마음의 경험을 되짚는 작업을 기본으로 삼아서.

지금에 와서 가끔 생각하는 게, 일본을 떠나고 싶어서 한국에 온 것이 혹시 실패였을지도 모른다는 사실이야. '경유지' 따위의 빙 둘러 가는 말은 하지 말고, 직접 다른 곳으로 날아갔어도 됐을 텐데. 그런 식으로도 생각해.

그렇다고 하면 다른 나라에 갔다고 해도 지금과는 다른 방법으로 '어쩔 수 없이 재일코리안인 자기 자신'에 부딪혔을지도 모르지.

어쨌든 "어느 나라 사람인가?"라는 질문은 어느 곳에 가더라도 물어볼 테고.

한 가지, 충격이었던 일화가 떠올랐어.

오사카 야오 시에 있는 회사 A에 다녔을 때, 원코리아 페스티벌(해방 40주년을 기념하여 새로운 통일의 비전을 창조한다는 목표로 매년 페스티벌을 여는 비영리단체 ― 옮긴이)의 포스터를 회사 복도에 붙였어. 나는 아무 생각 없이 그렇게

했고, 회사 사람들에게도 홍보물을 나눠주었지.

그 후 아침 조회 시간에 부장(회사에서는 사장 다음으로 높았던 사람)이 이러쿵저러쿵 사원에게 주의를 주었는데, 그중에 "종교적인 일을 끌어오는 것은 조금 삼가기를"이라고. "종교적인 일"이라는 말은 사뭇 깔보는 듯한 느낌이었는데, 어쨌든 열변을 토하며 발언한 적이 있어.

나를 향한 말이었다고 생각해.

그 당시는 '설마'라고 생각해서 눈만 끔뻑거렸지만, 돌연 그 회사에서 내가 '기분 나쁜 종교 집단 신봉자'가 되어버린 그 상황을 어떻게 하면 그렇지 않다고 납득시킬까 하고 생각했고, 그럴 수 있는 가능성이 낮다는 것을 깨닫고는 깜짝 놀랐던 것을 기억해.

"이것이 '일본'의 모습인가?"라며, 그 회사에서 일본의 축소판을 본 것 같은 기분이었어.

그 경험으로 내 안에 있던 일본에 대한 혐오감의 씨앗이 싹트기 시작해서 점점 커져갔을지도 몰라.

그것은 '일본 내셔널리즘'에 대한 혐오감이겠지.

지금도 심각한 상태야. 북한에 대한 일본의 보도. 그것에 놀아난 국민들의, 조선학교(민족학교)와 학생들에 대한 만행. 민족학교 졸업생에게 국립대학 수험 자격을 주지 않는 법률적 차별. 일본 학교의 커리큘럼과 다르게 수업하기 때문에 학력이 낮다고 한다면, 수험 자격을 줄 것인가, 말 것인가의 문제가 아니라고 생각해. 그 말대로라면 시험을 본들 어차피 떨어질 테니까. 수험 자격을 주어도 괜찮겠지. 그런데 왜 주지 않느냐면 붙을 확률이 있기 때문이야. 민족학교 학생이 합격하는 게 싫고, 그 배경에는 '일본의 사상'이 침범하지 못한 지식층이 일본에서 활약하는 것을 막으려는 이유가 있다고 생각해. 국민이 혼란스러워지는 게 두려운 거야. 편하게 통치하고 싶은 지배자의 생각이고.

원래 나는 "'재일코리안'이라는 틀에서 나를 보지 말아줘"라고 생각하던 사람이었는데도.

나는 나라고.

'재일코리안이 당연하게 존재하는 사회'='오사카 이쿠노구'에서 자라왔다고 말해도, 학원 등 어딘가 새로운 커뮤니티에 들어가면 긴장했어.

이쿠노구를 떠나 나라에 있는 중학교에 입학이 결정되었을 때는 어느 때보다 더욱 긴장했고.

그런데도 그곳에서의 경험은 신기했어. 처음 반에 들어가 내 이름(본명)을 들은 후, 내 주위로 모여든 여러 동급생은 나에게 "중국인이야?"라고 물었어. "한국 사람"이라고 대답하는 나에게 "우와, 멋져~"라고 말했어. 왜 그러냐고 물으니 "외국인이니까"라는 대답이 돌아왔어. 그때는 정말 의외의 반응에 놀랐지.

그 후 중학교와 고등학교로 이어진 커뮤니티에서 나는 '재일코리안'이 아니라 '나'가 되어갔어.

그렇지만 '나'라는 입장에서 '재일코리안'이 가진, 어쨌든 어두운 이미지를 바꾸고 싶어서 더욱 밝은 척 행동했어.

내 아버지는 어렸을 때 일본에 온 한국인이고, 엄마는 일본인이야.

생각해보면 어머니는 일본에서 태어난 일본인인데도, 딸인 나를 "일본인이 아니다"라며 키우는 것이 가능했다는 게 이상해. 내 마음속에서는 그런 사실쯤은 정말 간단히 흘려 넘겨도 괜찮다는 식이 되었다는 것. 이런 여유 없음……. 한쪽을 성립시키기 위해서 다른 한쪽을 부정해야만 하는, 가족의 비극.

내셔널리즘이란 진짜 만들어진 것일까…….

그런 부모 두 사람이 한목소리로 말하는 "일본인과의 결혼은 절대 반대"라는 말.

이것도 병은 아닐까.

힘든 병일 거라고 생각해.

두 사람의 결혼은 도전이었어. 아버지 주변에서는 결혼을 맹렬히 반대했고, 배신자라는 소리를 들으면서 치른 결혼식에는 친구 한 명 오지 않았다고 하니까.

당시 두 분은 '해방'을 바랐다고 생각해.

지금도 "일본인과는 결혼하지 마라"라고 하는 두 사람은 여전히 내겐 벅차.

'해방'이라는 것이 '병의 극복'이라고 생각해.

여전히도 투병 생활 중인 두 분을 어떻게 하면 낫게 해줄 수 있을까 고심해.

우리 세대에도 그 병이 적잖게 유전되고 있지만, 내가 극복해나감으로써 두 분의 병도 치료할 수 있지 않을까 생각해보는 거야.

오늘, 비엔날레가 시작됐겠네.

정말로 고생 많아!

망간 일기 5

10월 1일

교토 비엔날레, 개막 임박.

원래는 오늘부터 교토예술센터에 작품을 반입하러 갈 예
정이었지만, 아직 완성되지 않았기에 내일로 연기.

동굴에 도자기를 고정시킬 방법이 아직도 정해지지 않아
초조하다.

아! 생각났다!

서둘러 코메리(일본의 종합 쇼핑몰—옮긴이)에서 철로 된
재료를 사 와서, 해머로 때려 걸쇠를 만들다.

그리고 밤에 이 선생을 급히 불러내어 용접을 부탁하다.

"저녁, 준비했는가?"

"아, 아뇨, 아직."

이 선생의 며느리가 고기를 사다 주었다.

불고기. 참지 못하고 맥주를 마시고 말았고, 또 이 선생과 우에미네는 한참 수다를 떨다. 어째서 미술 같은 걸하고 있는가, 등등.

하지만 작품 설치를 도중에 그만둘 수는 없으니, 다시 동굴로 돌아가다.

이 선생은 크게 하품을 해가면서도 아침 5시까지 함께 있어주었다.

10월 2일

결국 한숨도 못 잤다. 우에미네에게는 남은 일을 부탁하다.

아침 10시에 교토로 출발. 오늘은 산길 운전이 유난히 무섭다.

교토예술센터 주차장에 부딪치지 않고 들어갈 방법은 없는 걸까.

오늘도 전과 똑같은 곳을 박았는데, 이번엔 꽤 움푹 들어갔다.

다른 작가들은 대부분 진열해놓고 있다. 내 공간만 덩그러니 아직 아무것도 없다.

교토예술센터의 이자와 씨와 다케시타 씨, 자원봉사자들이 이리저리 뛰어다니며 도와주었고, 아침 5시까지는 어떻게든 모양새를 갖추다.

비틀거리며 돌아와 호텔에서 깊은 잠.

철야하면 힘들구나.

10월 3일

드디어 교토 비엔날레 개막이다.

어찌어찌 시간은 맞추었다.

차가 부딪치는 장면을 보고 웃고 있었더니, 그 차를 준 사카네 씨가 마침 지나가다가 안절부절못하다.

6시 리셉션에는 이 선생도 오기로 되어 있다.

이 선생은 일단 파티 장소에 들어왔지만, 나가버린 듯해서 찾아보았더니 내 비디오를 보고 있었다.

"거 뭐냐, 다카미네 씨는 이상하다고 생각했더니 그나마 성실한 편이구면."

"예술이 알아먹지 못할 것이라는 사실을 일부러 확인하

러 온 것 같구먼."

이렇게 중얼거리며 고개를 갸웃거린다.

"아니, 망간 기념관도 훌륭한 예술작품이에요"라고 하자, "예술과 똑같이 취급하지 말아줘"라고 말했다.

이 선생과 밥을 먹고 있었더니 그사이 작가 소개 시간이 끝나버려서, 나는 조금 예의 없는 사람이 된 것 같은 기분이.

그래도 작가 소개에 출석하기보다는 불편해하는 이 선생과(이런 이 선생은 처음 보았다) 함께 있는 편을 택했고, 이는 의도적이었는지도 모른다.

이 선생은 "이상해, 이상해"를 연발하다가 일찌감치 돌아가고, 나는 남아서 망간 기념관 입구에서 관람객에게 나눠줄 전단지를 제작.

고베예술공과대학의 가와우치 씨를 태우고 망간 기념관에 도착하니 12시가 넘음.

고타로가 와 있었다. 도쿄의 영상 회사를 전날 퇴사하고, 그 길로 바로 이곳에 왔다고 한다.

10월 4일

망간 기념관 전시는 오늘부터 시작된다.

우에미네와 고타로가 갱도 주변의 자갈을 깨끗이 청소해서 꽤 걷기 좋아졌다.

게이호쿠초 사무실에서 빌려준 텐트도 세웠다. 엄청나게 크다.

전에 쓰고 남았던 덩굴이 입구에 이리저리 흩어져 있어서 '인공과 자연'이라는 주제로 신중히 설치했다.(정말로?)

IAMAS의 시로마에 군과 사이토 군이 "여기까지 올 생각은 없었는데 교토예술센터에 전시된 일기를 보고 오게 되었어요"라고 그야말로 기쁜 말을.

밤에 우에미네가 호넨인(法然院)에서 미와 씨의 콘서트를 보고 싶다고 해서 차로 교토에 갔다.

아는 사람들이 많이 있었지만, 내 모습이 전과 꽤 달라져서인지 대부분 알아채지 못했다.

오랜만의 외식. 태국 요리.

니카이도 씨가 망간 기념관 라이브를 위해 11일에 오는데 교토 역까지 마중 나가달라고 미나미에게 부탁하자 얼굴에 홍조를 띠며 기뻐한다. 확실히 탐나는 임무이긴 하다.

돌아오는 길에는 고타로에게 운전을 맡겼더니 자동차 경주를 하듯 쌩쌩 달렸다.

10월 5일

이 선생은 내가 '인공과 자연'을 주제로 만든 설치물을 단순히 어질러놓은 것으로 생각하고 치우려 했다고 한다.

탄광 입구의 접수 창구는 추워서 난로를 사러 가다.

야나기 미와 씨, '김치' 씨, 요시다 유코 씨가 술을 들고 망간 기념관을 찾아왔다.
11월 7일에는 비엔날레 부대행사로 야나기 미와 씨와 대담이 잡혀 있어서 초대 엽서용 사진을 찍다.

밤에는 오늘 받은 술을 모조리 마셔버리고 잔뜩 취해서 미친 듯 춤을 추다가 차 위에 올라가기도 하고, 방금 전에 동굴에 막 다녀왔는데도 금세 잊어버리고 다시 동굴로 올라가는 일을 반복했다고 한다.

우에미네는 실례라고 생각하면서도 놓치지 않고 카메라를 돌렸다.

10월 6일

아침에 일어나니 몸 여기저기에 긁힌 상처가 있고, 가운뎃손가락의 손톱은 빠져서 아프다. 차에는 피가 끈적끈적! 어젯밤 상당히 날뛴 모양이다.

내가 본격적으로 취한 비디오를 보는 건 처음이었는데, 그렇게 나쁘지만은 않구나, 라고 생각했다.

오늘은 관객이 한 명밖에 오지 않았다.

저녁에 이 선생의 어머님과 조카딸을 집까지 모셔다 드리다.

만경봉호의 이야기부터, 조선학교 학생에 대한 괴롭힘으로 모두 얼마나 힘들어하는지, 그런 이야기를 들었다.

밤에 동굴 안에 CD와 스피커를 가지고 들어가 니카이도 가즈미 씨의 음악을 틀어보다. 내 보스 오디오는 건전지로도 움직이는 대견한 제품이라고.

이상적으로는 스피커 없이 생음악으로 하면 좋겠지만, 손님이 50명이나 들어오면 소리를 흡수해버려 뒤쪽에 있는 사람들은 들을 수 없을지도 모른다.
음악을 틀어보니 저음이 웅웅거리며 많이 울리다.
음은 멋지지만, 역시 생음악 쪽이 좋은데…….

10월 7일
오늘은 화요일, 망간 기념관의 휴관일.
우에미네와 고타로가 교토예술센터 전시를 보고 싶다고 해서 교토에. 나도 일기를 작품에 추가해야 해서 가야 한다.

슬슬 운전도 능숙해져서 초보 운전 스티커를 떼려 했는데, 풀로 딱 붙여놓아 벗겨지지 않는다.
마크Ⅱ를 모는 한, 계속 초보 운전자인 것으로 결정되었다.

그저께는 K로부터 길디긴 메일을 받았다.
내가 이번 작품을 만들면서 구체적 성과라고 부를 만한 유일한 것이다.

"공개해도 괜찮아?"라고 물어봤더니 OK라는 답이 와서 바로 인쇄하다.

예술센터의 다케시타 씨와 11일에 있을 니카이도 가즈미의 라이브에 대해 회의.
나는 애초에 라이브에 온 관객에게 동굴 작품까지 보여주는 것은 시간적으로 무리라고 생각했지만, 그러면 관객들이 불평할 것 같아서 두 가지를 원활하게 결합시킬 방법에 대해 이야기를 나누다.
라이브를 보러 관객이 찾아올 11일엔 상당히 허둥지둥할 것 같아 걱정.

밤에는 베트남 출신의 영상 감독 트린. T. 민하(베트남 출신으로, 미국 독립영화계에서 중요한 역할을 담당하고 있을 뿐 아니라, 에세이, 뮤지컬 작곡, 설치 미술 등 다양한 분야에서 작품 활동을 하고 있다. ─옮긴이)의 영화를 보러 가다.
그녀 역시 '시선'에 대한 의식을 표현하기에 여러모로 공감.
그렇지만 왜 그녀는 일본에 대한 영화를 만들겠다고 생각했을까?

10월 8일

관객이 오지 않는다.

오늘 전시가 끝날 무렵에 사카이 씨가 외국인을 데리고
왔다.

첫 번째 백인 관객.

작품에 대한 이야기를 하니 "역사는 항상 아픔으로 가득
차 있지요"라고.

밤에 나 혼자 산을 내려가 니카이도 씨와 통화.

항상 부드러운 목소리라서 좋다.

니카이도 씨는 암흑 속에서 연주하는 방법을 여러모로
생각하고 있어서, 야광 테이프를 기타에 붙여보고 그래
도 안 되자 손톱에 붙여보기도 했다고 한다.

상상해보니 꽤 이상하다.

산에 올라가니 우에미네와 고타로가 미친 듯 춤을 추고
있다.

횃불을 붙였더니, 몸이 제멋대로 움직이더라고.

"어떻게 된 거야?"라고 물었더니 헉헉대며 "우리, '니
카 님'을 만나 뵐 때까지 단식할 겁니다!"라며 까분다.

미쳤나 보다.

10월 9일

이 선생이 포클레인으로 나무뿌리를 파주다.

작품이 한 단계 업그레이드된 셈이다.

노송보다 소나무 뿌리가 튼튼할 것 같았지만 산에 있는 잘린 소나무 기둥은 모조리 썩어 있다.

뿌리의 형태는 파내보지 않으면 알 수 없지만, 세 번째에 어떻게든 근사한 뿌리를 찾았다.

고타로에게 뿌리를 깨끗이 정리하라고 맡겼더니 묵묵히 계속 일하고 있다. 밥을 먹지 않으니 도리어 집중할 수 있는 듯.

하지만 그 후 나무 부스러기가 연어 소보로처럼 보인다는 둥 이상한 이야기를 했다.

이래서야 작업에 지장이 있겠다 싶어 꽁치를 구워주니 "맛있어! 맛있어!"를 연발하며 허겁지겁 먹어치웠다.

우에미네와 고타로의 단식은 22시간으로 허망하게 끝났다.

밤에 게이호쿠초에서 빌린 파이프 의자 50개를 동굴에 놓았더니 공간이 꽤 좁아진다. 자, 어떻게 관객을 들인담?

그건 그렇다 쳐도, 흑미사(장례 미사. 사제가 검은 제의를 입은 데서 유래했다.— 옮긴이) 같은 괴이한 분위기다.

10월 10일

내일은 니카이도 라이브다!

관객을 들일 방법이 아직 머릿속에서 정리되지 않는다.

아침 일찍 연극 평론가 우치노 씨가 왔다.

어제 캐낸 나무뿌리 속에는 엄청 많은 유충(하늘소의 유충일까?)이 소굴을 이루고 있어서 고타로가 "아이고, 아이고"를 연발하며 치웠다.

저녁 무렵부터 뿌리를 동굴로 운반했다.

이 선생까지 합세하여 네 명이 뿌리를 들고 천천히 움직이다. 동굴에 겨우 들어갈 만한 크기였는데, 끝까지 어떻게든 잘라내지 않고 그대로 들여놓을 수 있었다. 기적 같다.

꽤 운이 따른다고 느껴지다.

이 뿌리에 걸터앉아서, 내일 니카이도 씨가 노래를 부

른다.

꿈에도 생각지 못한 엄청난 일이 아닌가?

니카이도 씨로부터 "내일 최선을 다할게요!"라는 메일이 도착하다.

나는 벌써 도취되기 시작했다.

나는 완벽한 무대를 마련하고, 그 뒤에는 니카이도 씨가 부드럽게 타고 오를 것을 기다린다.

이런 자기도취는 도대체?

일찌감치도 찾아온, "살아 있어서 다행이다"라는 감각.

아침 6시까지 정신이 또렷하여 잠들지 못하다.

10월 11일

아침에 온도계를 사러 가다.

어젯밤 뿌리를 반입할 때 동굴의 공기가 전혀 통하지 않는 듯 느껴진 순간이 있었다. 이는 밖과 안의 기온이 같아졌을 때 공기의 흐름이 멈추는 현상 때문인 것 같다. 50명이 동굴에 들어갔을 때, 동굴 안에 산소 공급이 멈출까 봐 이 선생은 걱정한다.

니카이도 씨는 2시에 도착할 예정.

자원봉사자들에게 지시를 내리며 허둥대고 있을 때, 기자의 취재가 들어오는 바람에 조금 짜증이 나다.

니카이도 씨 도착.
악수를 나누는 손이 차가워서 '아, 이 사람은 몸이 차구나, 동굴 속에서 손이 시려 연주가 될까', 순간적으로 생각하다.

동굴로 이동해서 리허설.
처음 노랫소리가 들린 순간, 나는 벌써 눈물을 흘리고 말았다.
어젯밤에 너무 높지는 않을까, 라는 의견이 나왔던 나무 기둥에 앉는 편이 가장 노래하기 쉽다고 하여 방석을 다시 깔다.
조명은 여러 종류로 준비했지만, 없이 가기로 했다. 그편이 가장 나은 것으로 결정되다.

버스 관객들이 도착해서 재촉하듯 서둘러 작품 감상 시간을 갖다. 라이브 좌석은 제비뽑기로 정하다. 앞과 뒤는 차이가 꽤 나서 가장 공정한 방법을 고민한 끝에 나온 게 제비뽑기였던 것이다.

관객 입장. 다섯 명씩 차례차례로 들어오도록 하다. 천장에서 물이 떨어지는 곳이 있어서 그 자리를 배정받은 사람에게는 비옷을 나누어주다. 어쨌건 이곳에 50명이나 들어오는 건 무리라고 원래부터 생각했다. 동양인만이 견딜 수 있는 갑갑함.

나는 니카이도 씨를 안내하여 관객 사이를 가르고 동굴의 가장 안쪽까지 들어가다.
처음엔 뭐라도 인사말을 하려고 생각했지만 그만두었다.
"그만둘게요"라고 니카이도 씨에게 귓속말을 하자, 시작되었다.

라이브가 시작되자 곧 나는 신중히 설정해놓은 비디오카메라 스위치를 누르는 일을 잊었다는 사실을 깨닫다. 아. 이젠 됐어. 이젠 상관없어.

촛불이 하나둘씩 꺼져가다. 생각한 것보다 빠른 속도로 꺼지다. 끝까지 니카이도 씨의 얼굴을 핥듯이 비추던 마지막 촛불이 꺼진 순간, 눈 붙일 곳이 사라졌다.

나는 '분위기'를 느낄 여유가 없었다.

주룩주룩 눈물이 흘렀기 때문에 내 기척을 지우는 일에 온 힘을 쏟았다. 그래도 때때로 오열에 가까운 소리와 코를 훌쩍이는 소리가 멈추지 않아서 바로 옆에서 노래하고 있는 니카이도 씨와 다른 손님에게 들리지 않을까, 신경이 쓰여 견딜 수가 없었다.

나는 니카이도 씨의 노랫소리를 들으며 이 시간이 영원히 지속되기를 바라고 있는 건 아닐까 스스로에게 거듭 물었다.
아마도 그건 아니었다. 나는 어쩌면 빨리 이 라이브가 끝났으면 좋겠다고 바라는 것은 아닐까, 라고 생각했다.
그래도 니카이도 씨가 여러 소리를 낼 때마다 몸이 부르르 떨려서, 뭐랄까, 갓 태어난 작은 짐승이 된 듯한 느낌이 들었다.
이 시간을 그 외의 다른 시간과 분리하는 재능이 나에게는 부족한 게 아닐까, 라고 생각했다.
니카이도 씨가 앉아 있는 나무뿌리 안에 아직도 애벌레가 숨어 있다는 사실을 떠올리고는, 이 장면을 엑스레이로 볼 수 있다면 재미있겠다, 라고 어둠 속에서 생각하다.

손님은 미동도 없이 돌처럼 굳어 있다.

노래와 노래 사이의 박수도 일절 없다. 동굴의 암흑이란 상상 이상으로 어둡다. 눈을 감고 있는 편이 밝게 느껴질 정도로 어둡다. 칠흑같이 어둡다면 감정의 흔들림이 전 파되기도 어려워지는 걸까. 서로가 서로에게 감정을 숨 기고 있는 것이 어쩐지 이해된다.

공연 중 니카이도 씨는 딱 한마디 건넸다.
"헛기침 같은 거 하셔도 괜찮으니까요."
무척이나 사려 깊게 들려서, 분위기가 일순 부드러워졌다.

나는 연주가 끝난 후에 무언가 말하려고 생각했지만, 내 목소리 톤이나 말투의 리듬이 속되게 느껴져서 그만두 었다.

니카이도 씨는 쓱 연주를 멈추었고, 그것으로 콘서트는 깔끔하게 끝났다. 나는 정신을 차리고 무대 쪽으로 돌아 가 촛불에 불을 붙이고는 니카이도 씨와 함께 퇴장했다.

아틀리에에서 간단한 뒤풀이를 했다.
준비가 부족했지만 니카이도 씨는 시종일관 미소 띤 얼 굴로,

"앞으로는 항상 캄캄한 곳에서 노래를 해볼까"라고 말했다.
고타로와 우에미네는 눈을 치뜨곤 그녀에게 사인을 졸라대고 있었다.

돌아가는 니카이도 씨를 교토 역까지 바래다주었다.
둘이서 이런저런 이야기를 나누었다.
마지막 악수를 하고 니카이도 씨가 걸어가는 뒷모습을 보자, 어쩐지 내가 사기꾼 같다는 생각이 들었다.

그날 밤, 중학교 동창생 하시구치와 가미마에 씨 집에 머물렀다. 술을 잔뜩 마시고 시시껄렁한 이야기를 실컷 떠들어댔다.
하시구치와 있으면 나는 언제나 까불고 만다.

오늘은 많은 사람들에게 정화되었구나, 라고 생각하며 3시쯤 완전히 뻗어버리다.

니카이도 씨,
너무 좋은 공연을 보아서,
이럴 때는 어떻게 하면 좋을지 모르겠어요.

정말, 정말로 좋았습니다.

예전에 이스라엘의 무용단에서 일했을 때, "나는 천재를
믿지 않지만 '천재적 순간'이란 존재하며, 그것을 위해
계속 작품을 만들어나가겠다"라는 이야기를 한 기억이
있습니다만.

그렇게 오랫동안 찾아 헤매왔던 천재적 순간을 오늘 한
시간이나 경험할 수 있었고, 그 순간을 니카이도 씨와 함
께 만들 수 있어서,
정말 기뻤습니다.
이 경험은 새로운 기준이 된 셈입니다.
나는 새로운 단계를 알게 되었기에 앞으로는 이렇게 아
름다웠던 순간을 뛰어넘는 것을 만들어야만 합니다.
도전해야 하는 힘든 일이 생겨버렸습니다.
아마추어 기획자여서 미흡한 부분도 많았다고 생각합니
다. 그 부분은 용서해주시고, 그래도 꼭 다시 초대할 테
니까요.
미국 공연에서, 모두를 찍소리 못하게 해주시길.

귀중한 재능입니다.

보물입니다!

10월 12일

누나네 부부가 연휴를 맞아 일부러 내 작품을 보러 도쿄
에서 이곳까지 와주었다. 두 사람은 어제 교토예술센터
전시를 보고 난 후여서 차 안에서 여러 가지를 물었다.
하지만 실제로 누나에게 '재일의 연인'을 보여주는 일은
어쩐지 부끄럽다.
도중에 매형이 라면을 좋아하는 게 생각나서 게이호쿠초
의 '이노시시 라면'에 가다. 무척 맛있다.

오늘은 가을 맑은 날의 멋진 날씨로, 바람이 정말 기분
좋다.
매형은 해먹에 누워 "기분 참 좋네"를 연발하고 있다.
일찌감치 맥주를 마시기 시작해 셋이서 느긋이 시간을
보냈다.

밤에 우에미네와 고타로와 셋이서.
'니카 님' 없이 앞으로 어떻게 살아갈까, 라는 이야기를
하다.

음악을 틀려고 해도, 무엇을 들어야 할지조차 모르겠다.
우리 '망간즈'는 세 명 모두 번아웃 증후군에 빠져버린
듯해서, 울고 웃으며 시간을 보내다.

10월 13일

연휴 이틀째. 오늘은 아침부터 손님이 많다.
처음이지만 동굴에 입장하기 위한 대기 시간이 너무 길
어지는 문제까지 생겼다.
가능하면 한 사람씩 들어가도록 했지만, 예를 들어 네 명
이 함께 온 단체가 겹치면 바로 한 시간은 대기해야 한
다. 그보다, 혼자서 40분이나 동굴에 머무는 사람(그 속에
서 도대체 무엇을 하는 걸까?)도 있다.
혼자서 들어가는 경우와 여럿이 들어가는 것은 동굴의
인상이 꽤 달라지긴 하지만.
음, 고려할 부분이다.

교토예술대학의 이노우에 씨가 학생 다섯 명을 데리고
찾아왔다.
교토예대. 내 모교.
옛날의 이런저런 기억이 떠올라 왠지 쑥스럽다.

10월 15일

요코하마미술관의 아마노 다로 씨, 구마모토 시 현대미
술관의 미야자와 씨, 사카모토 씨를 데리러 교토로. 아마
노 씨는 매번 내 작품을 보러 오는 희한한 분이다.

평일인데도 관객이 많다. 마쓰오 씨, 마쓰이 씨가 교토조
형예술대학 학생들을 데리고 찾아왔다.

프랑스인 유학생에게 작품을 설명했지만, 생각해보니 일
기도, 기념관 전시도 모두 일본어로만 적혀 있구나.

적어도 일기만은 영어 번역을 붙이고 싶네.

아, 콘셉트에 맞추려면 한글로도 꼭.

그러나 한일의 역사를 알지 못하는 외국인을 대상으로
하나하나 설명하는 것은 끈기가 필요한 작업이구나.

'마르가사리'라는, 가믈란을 연주하는 3인조 그룹이 찾
아왔는데, 듣자하니 니카이도 씨와 대학 동창이라고
한다.

니카이도 씨의 과거에 대해 시시콜콜 하나하나 듣고 싶다.

듣고 싶다.

듣고 싶지만, 자숙.

밤에 오랜만에 쇼헤이 부부와 술을 마시다.

쇼헤이는 완성된 작품을 보고 기쁜 듯한 모습.

그가 기뻐해주어서 매우 안심했다.

그가 만든 항아리의 바닥이 빠져버렸다고 이야기하니

"그건 엉터리라는 뜻이지, 하하하"라고 웃어넘겼다.

10월 16일

목욕탕 안에서 들짐승 냄새가 난다고 해서 들어가보니

너구리인지 여우인지 모르겠지만 희미하게 냄새가 난다.

밤사이 목욕하러 들어왔을까, 목욕탕 물을 마시러 왔을

까? 페브리즈로 탈취.

밤에 키호 씨와 치빗코가 오픈카를 타고 찾아옴.

'전골 대장'인 치빗코가 뚝딱, 전골을 만들어줬다.

두 사람이 돌아간 후, 우라노 씨가 보내준 사케를 마시며

많이 취해버렸다.

나는 망치와 사다리, 불이 붙은 바비큐 풍로를 휘두르며

우에미네와 고타로를 쫓아다니다.

둘은 처음에 장난인 줄 알고 방심하고 있었는데, 내가 고

타로의 등을 전기 드릴로 찌른 것이 너무 아팠던 모양이

라 그 뒤로는 진심으로 도망쳤다고 한다……

10월 17일

아침에 일어나니 자동차의 지붕이 꺼진 데다 물이 고여
있다.

우에미네에게 "왜 이래?"라고 물어보니 어처구니없다는
표정으로 어젯밤의 참사를 이야기해주었다. 차를 무대
삼아 춤을 추었다고 한다.

차를 넘겨준 사카네 씨에게 면목이 없다.

기념관과 아틀리에를 연결하는 지름길인 계단을 만든다.

지금까지는 들짐승이나 지나다닐 법한 길이어서 비가 내
리면 미끄러워 위험했다.

오랜만에 이 선생과 공동 작업.

나는 요즘 군살이 빠져 몸을 날래게 움직일 수 있어서 뛰
어오르듯 말뚝을 박는다. 이 선생은 평소와 다름없이 힘
차게 말뚝을 내려친다.

눈 깜짝할 사이에 11층짜리 계단이 완성되었다.

밤에 결국 차로 사슴을 치었다.

요즘 들어 운전하면서 사슴을 많이 만난다.

산길에서 자주 눈에 띄지만, 밭까지 내려오면 무언가 먹
을 게 있는 모양이라 내가 차를 몰고 곁을 지나치면 우르

르 무리 지어 풀숲으로 도망간다.

그중 한 마리 뒤처진 녀석이 갑자기 눈앞으로 뛰어 들어와서, "쿠당탕탕" 하는 이상한 소리를 내며 부딪쳤다.

사슴은 허리를 휘청하며 풀썩 덤불로 넘어졌지만, 바로 벌떡 일어나 달려갔으니 괜찮겠지.

차도 일단은 멀쩡하다.

10월 18일

아침, 이자와 씨로부터 급한 전화.

어젯밤 엔도 스미코(遠藤寿美子) 씨가 세상을 떠났다고.

병원에 시신 기증을 하기로 해서 점심때까지 오면 마지막 인사를 할 수 있다고.

서둘러 교토로 차를 몰다.

엔도 씨는 무대 프로듀서다.

처음 엔도 씨와 만난 것은 아직 학생이었을 때니까 벌써 20년도 전의 일이다. 당시 덤타입은 아직 여명기였고, 엔도 씨가 운영하던 '아트 스페이스 무문관'에서 다양한 실험을 준비하고 있었다. 그곳은 여러 사람들이 들락날락해서 항상 들썩거리며 바빴고, 알몸의 무용가, 예술가로 북적여서 젊은 시절의 나에게는 좋은 자극이 되었다. 가고시마에서 간사이로 온 지 얼마 되지 않았던 나에게 교토 토박이 사투리로 말하는 엔도 씨는 다름 아닌 '교토'의 상징이었다. 내가 엔도 씨와 실제로 작업한 것은 '생존권과 개발권'이라는 퍼포먼스뿐이었지만, 그때 엔도 씨에게 내복 차림으로 무대에 올라와달라고 부탁해 그 모습을 비디오로 촬영했다.

거절할까 싶었는데 엔도 씨는 흔쾌히 그 역할을 맡아주었다.

엔도 씨는 언제나 여장부였다.
간사이 연극계의 대장 역할을 하며 위엄과 권위로 사람들을 이끌었다.
진심으로 무대와 무대예술을 사랑했던 사람이었다.
자신의 신념에 모든 것을 걸었던 사람이었다.
그리고 항상 혼자였다.

차 안에서 나는 얼마나 엔도 씨에 대해 알고 있을까, 하고 생각했다. 우리의 대화 속엔 삿된 것이 들어올 틈이 없었다. 전심전력으로 작업을 위해 살았던 사람이었으니까.

작별 인사를 하기 위해 잠든 모습과 대면했을 때 나는 조용한 엔도 씨를 처음 보았다는 생각이 들었다.

농담처럼 조용했다.

이 사람이 그 엔도 씨인지 좀처럼 믿겨지지 않았다.

그리고 지금쯤 엔도 씨는 테지(후루하시 테지(古橋悌二), 덤타입을 결성하고 'S/N' 등에서 드랙퀸으로 활동하다가 1995년 에이즈로 요절했다. ─옮긴이) 씨와 만났을까, 라고 생각했다.

교토에서 돌아오는 길, 자동차에 치인 고양이를 보았다.

치인 직후였다. 피투성이가 된 두 눈이 튀어나와 엄청난 모습을 하고, 뭐랄까, 꼭두각시 인형의 팔다리를 엉망진창으로 휘둘러대는 것 같은 움직임으로 경련하고 있었다. 조금 지나가 차를 멈추고 돌아보니, 이미 움직임이 없었다.

밤에 시가 씨와 구와가 와 있다.

낮에 버섯에 대해 잘 아는 하야시 씨가 먹을 수 있는 버섯을 가르쳐주어 대량 채취한 것을 함께 먹다. 맛있다.

이노시시 라면 가게에서 사 온 사슴고기 육회도 먹다. 맛있다.

신이 나서 동굴에 스피커를 갖고 들어가 땀투성이가 되도록 춤을 추다. 들어본 적이 없을 정도로 포용력 있는 소리가 울려서 머리가 빙글빙글 돈다.

여러 가지 일이 있었던 하루였다.

그 일이 모두 연결되어 있다고는 도저히 생각할 수 없지만, 이어진다고 해서 의미가 있다고도 생각되지 않는다.

누군지 모르는 여자가 망간 기념관에 머물렀다.

10월 20일

노린재가 대량으로 발생. 욕탕에 들어가 몸을 닦아내면 수건에서 노린재가 묻어나와 지린내가 코를 찌르다. 이래서는 깨끗해졌는지, 더러워졌는지 알 수 없다.

히로시마에서 오카모토 씨, 가나자와에서 큐레이터 하세가와 유코 씨가 오다.

하세가와 씨는 "적어도 올해 상반기에 본 작품 중 최고예요. 아, 해외까지 포함해서요"라고 이 선생 앞에서 말했고, 그야말로 이 선생은 놀라고 나는 으쓱했다.

하지만 작품이 평가를 받는 일은 어렵다고 다시금 생각하다.

잡지와 신문에서 취재를 나와 기사화됨으로써 나에 대한 이 선생의 신뢰도 두터워진다. 작품 자체가 어떤지 하는 것보다 마치 당연하다는 듯이 주변의 평가로 작품을 판단한다.

그렇지만 나 자신도 결코 예외는 아니다.

베네치아 비엔날레에 대해 아무리 불평해도, "문화의 중심을 바꾸어보겠어!"라는 식으로 씩씩대도, 권위 있는 베네치아 비엔날레에 출품한 사실은 나의 자존심을 만족시키는 데 충분하기 때문.

"베네치아 비엔날레 따위는 이용하면 돼. 중요한 것은 작품이니까." 중요한 건 작품이니까, 라니, 그럼 누가 작품의 평가를 결정한다는 것일까?

'재일의 연인'은 대체 누구에게 평가받기를 바라고 있는 걸까?

K일까, 이 선생일까, 또는 그들을 포함한 '재일코리안' 커뮤니티일까?

아니면 유명한 미술평론가일까, 유행이나 따르는 일반 잡지일까?

결론적으로는, 이 작품은 가능한 한 많은 언론과 매체에 노출되는 편이 좋다는 것.

망간 기념관에 사람들을 불러 모으는 일, 그것이 이 작품이 가진 하나의 사명이기에 그 사명이 조금이라도 실현되는 것이 이 작품에 대한 이 선생의 평가로 이어진다면, 매체를 신용하건 그렇지 않건 주저 없이 노출해야 한다.

보람이 없다는 등 스스로 경계할 필요는, 분명 없다.

10월 21일

오늘은 휴관일이라서 동굴 사진 촬영.

사진가 가쓰마타 씨가 왔다.

그는 동굴의 설치 작품이 가진 '시간의 흐름'을 어떻게 평면에 담아낼지 고심하고 있다. 입구로 들어가 안쪽까지 갔다가 또다시 출구로 돌아 나오는 '심리적 시간'을 의미하는 것이다.

원래부터 새카만 어둠을 어떻게 찍을까, 하고 말해서 전단지 사진처럼 찍을 수는 없기 때문에 이미지를 잘라 맞추어가며 촬영하다.

하지만 가쓰마타 씨는 "장시간 노출 사진이 특기인 사람이에요"라고.

개방 셔터로 오랫동안 촛불을 세워놓고 촬영하다.

새벽 3시, 어떻게든 일단락되다.

10월 23일

아침부터 중학생 단체 관람객 100명이 오다.

중학생에게 '예술작품'을 보여준다는 것.

그것을 짧은 시간에 안내하는 것.

정말로 바라던 일이 아니고, 힘겨운 일이었다.

두 시간에 100명을 잘 수습해서 관람을 끝내야 하기 때문에 한 번에 다섯 명씩, 거기다 동굴 안에는 촛불을 켜놓고, 앞뒤로 고타로와 우에미네가 붙다. 사고가 일어나지 않는 것을 최우선으로 고려한 감상 방법이었다.

그렇지만 이 견학은 아무리 생각해봐도 '잘 수습하는' 수준일 뿐, 중학생은 스스로 작품을 감상할 능력을 가진 대상이 아니다. 단체라서, 그저 학교 행사에 따라온 것일 뿐이라서, 등등 다양한 원인을 찾아봤지만, 원인이 바뀌는 법 없이 "아무것도 느끼지 못했다"는 사실에는 변함이 없다. 나는 도중부터 실 잃은 바늘 같은 기분이 되어 이 의미 없는 시간이 어서 끝나기를 바랐다.

하지만 생각해보면 망간 기념관을 보러 온 아이들의 태도도 완전히 똑같았구나.
"기분 나빠"라든가, "시시해" 하며 천진하게 가혹한 감상만 내뱉는 아이들. 그런 아이들을 이 선생은 지금까지 몇 백 번이나 만나왔음이 틀림없다.
내가 열심히 만든 것을 그런 식으로 이야기하니 마음이 아플 수밖에 없다.

다만 기대하는 것은 한 가지뿐, 적어도 아이들 중 몇 명은 스스로 제대로 생각하고 이해하며 돌아갔으리라는 점.
아이 중 하나가 기념관 간판에 돌을 던져 구멍이 났다.
이 선생은 불같이 화를 냈다.

10월 24일
오늘은 이 선생이 '대창 전골'을 만들어준다고 한다.
이 선생의 형님도 오셔서 아틀리에서 다섯 명이서 식사.
'대창 전골'은 한국 요리가 아니라 재일코리안의 요리다.
냄비에 물을 넣지 않고 끓이는데 양배추에서 나온 수분이 국물이 된다. 특유의 냄새가 있지만, 중독된다.

이 선생의 형님은 묘한 분위기를 가진 사람으로 중얼중얼 낮은 목소리로 천천히 이야기를 한다. 형님과 함께 있으니 이 선생이 동생으로 보이는 것이 신기하다.

형님에게 "작품은 어떠셨어요?"라고 물으니 특유의 저음으로 천천히 "감명을 받았습니다".

폭소.

형제가 입을 모아 예술은 정말 알 수 없는 것이라는 이야기를 한바탕 펼친 후, "우리는 감성이 아주 바닥이니까"라고.

'감성'이 '바닥'이라는 절망적인 표현에 모두들 웃으며 즐겁게 떠들었다.

나는 취해서 이야기 도중에 꼬꾸라졌고, 그런 내 모습을 이 선생은 비디오카메라에 담았다.

10월 25일

오늘은 처음으로 이 선생의 집에서 식사.

어머니와 며느님, 두 딸, 그리고 나중에 이 선생의 귀여운 조카 다이키가 누나와 함께 오다.

정말 잘 얻어먹다.

이 선생의 며느님이 록그룹 '고메고메 클럽'을 좋아한다고 해서, 내가 옛날에 그룹의 리드보컬 칼스모키 이시이에게 1년치 콘돔을 선물 받은 적이 있다고 쭈뼛쭈뼛 이야기하다. 왜 쭈뼛거렸는지는 알 수 없지만 어쩐지 그런 식의 자랑하는 이야기를 할 때는 긴장이 되는 듯하다.

이 선생의 둘째 딸이 곧 결혼한다.
열여섯 살! 분명 본인도, 가족도 복잡한 심경일 게다. 서로 마음을 쓰고 있는 모습이 어쩐지 이해가 된다.
이 선생의 집은 손수 지은 통나무집인데, 제대로 만든 당구대가 한가운데에 놓여 있다. 이래봬도, 교토인지 어디서인지 열렸던 대회에서 우승했던 적이 있는 실력파라고 한다.
나는 술김에 도전했는데, 요행으로라도 한 번 정도는 이길 수 있으리라 생각했지만 완전히 뭉개졌다.
'망간즈' 세 사람은 난로 옆에서 그대로 고꾸라져 잠들다.

10월 26일
일요일. 오늘 망간 기념관으로 오는 투어 버스에는 세 명밖에 예약이 없다고 들었는데 갑자기 만원버스가 도착했다!

덕분에 오후는 야단법석.

맨 처음 동굴에 들어간 교토 비엔날레 출품 작가 로베르
토 씨가 좀처럼 나오지 않다. 줄이 밀려 있어 부르러 들
어가다. 관객을 쫓아낸 것은 처음이다.

서울에서 알게 된 K의 친구이자 재일코리안인 라기가
왔다.
라기는 한글을 알기 때문에 도자기에 써놓은 글자를 읽
을 수 있다.
우아, 큰일났다.

IAMAS 학장인 요코야마 씨는 동굴 안에서 펼친 전시
'내용'을 접하고 감상을 맨 처음으로 이야기해준 사람이
다. 동굴의 가장 안쪽에는 중력을 느끼지 않도록 하는 편
이 좋지 않을까? 에너지를 다시 앞으로 끌어오는 것은
불가능할까? 등등. 고대 로마의 동굴과 비교하면서까지
이야기를 술술 이어가는 모습이 멋지다.

밤에 아리 씨가 와서 전골을 해주었다.
딱 좋은 타이밍에 기무라가 또다시 전골 재료를 가지고

갑자기 등장. 한바탕 배불리 먹고 나서 모두 동굴로.
동굴 안에서 '니카 님'의 노래를 들었다.
기무라는 그렇게 기대했던 니카이도 라이브에 오지 못한
것을 만회하려는 듯 음악에 빠져들다. 칠흑 같은 어둠 속
에서 볼레로를 듣다.

10월 27일

가고 싶어, 가고 싶어, 라며 러브콜을 보냈던 K가 겨우
휴가를 받아 오늘 서울에서 도착했다.
교토예술센터의 전시, 자기가 쓴 편지가 포함된 나의 작
품을 보고는 망간 기념관으로. 전에 왔을 때 내가 잘라준
머리가 조금 길어서 딱 보기 좋은 모습이었다.

오늘은 근처에서 목재 시장이 열려 큰 나무의 경매를 보
다. 교토예술대학 1학년생 아야짱이 왔다.

10월 28일

휴관일이지만 아침부터 칠공예가 구리모토 나쓰키 씨가
왔다. 대학교의 대선배.

오랜만에 뵙게 되어 무척 기쁘다.

오늘은 가고시마에서 부모님이 오다. 우연히도 K가 머물게 된 시기와 겹쳐서 드디어 그녀를 부모님께 소개할 수 있게 되었다. 첫 만남이다.

나는 서른다섯이나 되도록, 이제껏 사귀었던 여자 친구를 부모님께 제대로 보여드린 적이 없다. 이번 작품에 대해 두 분께는 사전에 어떤 설명도 하지 않았지만, 어제 교토예술센터 전시를 자세히 보셨기 때문에 구태여 설명할 필요는 없을 테지.

다카오의 고잔지(高山寺)에서 부모님과 약속.

K는 평소보다 조금 멋을 부렸다.

네 명이 절을 한 바퀴 둘러보고, 점심을 먹은 뒤 망간 기념관으로.

아버지는 내가 운전하는 차를 타는 것을 싫어하신다.

어머니는 교토예술센터의 전시가 재미있었다고 진심으로 기뻐한다.

전부 꼼꼼히 읽었다고 한다. "재미있었다"라는 말이 '아들'을 전혀 의식하지 않은 순수한 감상이어서 나는 도리어 깜짝 놀랐다.

K는 내가 가고시마 사투리로 이야기하는 것이 재미있는지 계속 생글생글 웃는다. 예상대로 아버지는 차멀미를 했다.

직접 만든 목욕탕과 아틀리에를 보고 난 후, 아버지는 "망간 라이프는 즐거워 보이는구나"라고 말하며 "나도 실은 목수가 되고 싶었다"고 했다.
처음 들어본 이야기였다.

K는 아버지가 전쟁 이전에 한반도에서 보냈던 유소년기 이야기를 진지하게 듣고 있다.
아버지와 어머니와 K는 이미 처음 만난 사이로는 보이지 않는다.

10월 29일
고타로가 뱀을 잡아 키우기 시작했다.
처음은 '마군'으로 불렀지만 언제부터인가 '데쓰오'로.
"뭐를 먹을까?"라며 대충 벌레를 잡아 넣어줬지만 거들떠보지도 않는다.

동굴의 설치 작품은 거의 완성되어, 나는 다음 전시로 예
정된 미토예술관의 신작을 향해 생각이 움직이고 있다.
여기서 모을 수 있는 건 가능한 한 모아두려고 산길을 걷
다. 덩굴을 캐다.

밤에 다시금 키호 씨와 치빗코가 나타나다. 렌트카까지
몰고.
냄비와 도구까지 제대로 갖추고, 본격적인 전골 파티.

그 후, K와 산을 내려와 쇼헤이의 집에서 묵다.

망간 일기 6

11월 2일

지난번 왔던 한 여성이 편지를 보냈다. (그때 그녀는 동굴에서 나와서 흐흑, 하며 울음을 터뜨렸다. 눈치도 없이 왜 우는지 물었더니, 나와 K와 이 선생의 관계가 커다란 한 덩어리가 되어 어쩌지 못할 감정이 솟아올랐다고 했다.) 편지에는 인생이 크게 변했다고 쓰여 있어서 "큰일났다!"라고 생각했지만, 결국은 감사의 뜻을 담은 편지여서 다행이었다.
음, 이건 기쁘네.

내일은 드디어 교토 비엔날레의 폐막.
어제 〈L매거진〉에 크게 실린 것과 관계가 있는지 모르겠지만, 오늘은 아침부터 사람이 가득하다. 웬만하면 남을 칭찬하는 법이 없는, 무서운 동료 작가들이 모두들 만족하며 돌아간다. 하나둘씩 아틀리에에 모여서 많은 질문을 던진다. 나도 되도록 모두에게 대응할 수 있도록 테이블에 둘러앉아(마치 원탁 토크처럼) 대화를 나눈다.

모두들 동굴의 무서움에 대해 비슷한 이야기를 했다. 아니, 동굴을 무섭게 느낀 사람일수록 이 작품을 높게 평가하고 있는 것처럼 느껴진다.

나도 처음 동굴에 들어갔을 때는 상당히 무서웠다. 그래서 그 첫 감각을 잊지 않으려고 주의를 기울여 작품을 만들려고 작정했다. 이번 작품은 그런 식으로 동굴의 마력이나 암흑의 공포를 기초로 성립하기 때문에 캄캄한 동굴에 들어가는 일이 일상인 이 선생 가족에게는 이 마력이 먹혀들 리가 없다.
이 선생은 당초 형광도료와 블랙 라이트를 사용하여 화려하게 동굴을 장식할 것을 제안했지만, 이 역시 암흑이 일상이기 때문에 가능한 발상이었으리라.

광부에게 이 작품은 지루할까?

'재일의 연인' (2003), 도자 · 나무 · 철제 · LED 조명 (동굴 설치 작업)

'재일의 연인' (2003)

아니, 처음부터······.

11월 3일

교토 비엔날레 마지막 날.

손님이 많다.

밤에 폐막 행사를 위해 교토예술센터로.

나는 인사.

이 선생도 인사.

"총 600명 가까운 관객이 오셨습니다!"라는 말에 환호
성.

전람회 뒤풀이는 음식도 준비도 꽤 품을 들인 것 같아 나쁘지 않다.

자원봉사자까지도 즐겁게 취한 모습이 보기 좋았다. 전시 감독 요시오카 씨도 무척 기뻐 보였다. 교토 비엔날레가 시종일관 그런 즐거움 속에 치러졌는지는 잘 모르겠지만, 끝이 난 뒤 모두 밝은 얼굴을 하고 있으므로 분명 대성공이었으리라.

내가 어떤 여자애에게 사인을 해주는 모습을 보고, 이 선생은 "예술가도 나쁘지는 않네, 하하하"라고.

나는 펄럭거리는 얇은 속옷을 입고 있었는데 더우니까 그것 한 장만 걸쳤다. 교토 비엔날레 스태프들은 엄청난 악평을 했다는 듯.

또 그런 모습을 한 나와 정장 차림의 이 선생이 함께 길을 걷고 있는 것은 상당히 불가사의한 광경이었겠지. 대체 어떤 콤비인가, 하고.

전시회는 끝났다. 사고가 없어서 정말 다행이었다.
자, 탄광에 설치한 작품은 어떻게 할까.
앞으로 이 선생과 상의해보자.

망간 기념관의 뒷정리를 생각하니 정신이 아득해진다.
이번에 물건을 엄청나게 사들였지만, 오가키의 아파트에
다 들어갈지도 모르겠고.

산을 내려갈 일이 두렵다.
속세로 돌아갈 일이 두렵다.

내일부터 천천히 뒷정리를 하는 것으로.
그렇지만 점점 추워져서 침낭으로는 한계다.

'바다로'는 출산의 과정을 담은 비디오 작품의 제목이기도 하다.

망간 기념관에서의 작품 이후, 임신, 결혼, 출산의 과정을 담은

글로 이루어져 있다.

3장

바다로

'Korean Studies' (2004), 종이 · 먹 · 도자기, 개인 소장 (모리미술관 전시 풍경)

우리가 망간 기념관에서 하산한 것은 2003년 11월. 다음으로 예정된 전시회가 눈앞으로 다가왔다. 새해 1월 말부터는 미토예술관에서, 2월에는 모리미술관에서, 3월에는 뉴질랜드에서 전시회가 결정되어 있었다. 하지만 3개월간 산에서 칩거하는 동안, 나는 전파가 들어오지 않는다는 것을 핑계 삼아 일과 관련된 연락을 무시했다. 세간의 평가에 신경 쓸 일이 없는 세계에 완전히 익숙해져 있던 나는 산을 떠나는 것이 솔직히 두렵기조차 했다.

어렴풋이 예감하던 대로 산을 내려온 직후부터 압박이 들어오기 시작했다. "한시라도 빨리 작품 계획을 보내주세요!" 망간 기념관에서 갖고 돌아온 짐으로 뒤덮였던 오가키의 아파트에서 나는 미술관과 연락을 주고받으며 새해를 맞았다.

1개월 후, 나는 서울 인사동에 있었다. 서예 교실에서 한국 아저씨, 아주머니와 사귀고 서예를 배웠다. 서울의 아트선재센터가 숙소로 마련해준 곳에 머물면서, 숙소에 돌아와서도 한글 서예를 계속 연습했다. 한국서예협회 회장을 역임한 바 있던 선생님은 "제법 잘 썼네요. 한글을 못 읽는다는 생각이 안 들 정도로"라고 말하면서 내가 쓴 글자에 빨간색으로 첨삭해주었다. "선생님이 빨간색으로 고쳐준 그대로 표구를 해서 작품으로 만들려고 합니다"라고 말하자, "하하하, 그런 건 한국에서는 작품이 되지 않아요"라고 답하셨다.

열흘 동안 K는 통역을 해주며 함께 보냈다. 표구사에 맡긴 서예 작품이 완성되면 일본으로 보내달라고 K에게 부탁하고 인사동을 떠났다.

일본으로 돌아와 집에 머물면서 바로 도자기를 제작했다. 이 도자기와 한글 서예 족자를 하나로 묶어서 '코리안 스터디(Korean Studies)'라는 제목을 짓고, 도쿄를 굽어보는 모리미술관의 전시회에 출품했다. 전시된 작품들 중에 가장 심심한 작품이었다고 생각한다. 나는 그런 사실에 혼자서 만족했다.

미토예술관에서 열린 단체전을 위해서는 비디오를 사용

글씨를 쓸 때에는 자세를 올바르게 하는것이 대단히 중요하다

허리를 쭉 세우고 고개를 약간 숙여 지면과 약 삼십센티를 유지하고

쭉 뻗치는 한 폭 발만 약간 앞으로 놓은 상태가 좋은 자세이다

이런 사연 팅윔에 시세의 자세를 쓰다 카미방 하라스

한 설치 미술을 제작했다. 제출했던 계획 자체가 매우 모호했기 때문에 작품은 난항을 거듭했다. 영상 스태프 역할을 고타로와 왓키에게 부탁했는데, 흙과 폐자재를 대량으로 사용한 이 현장에서 흙투성이가 된 그들은 영상 스태프로는 보이지 않았다. 3일만 도와주었던 K는 계속 몸 상태가 좋지 않다고 했다. 2주 후, 개막 직전에야 작품을 완성했다. 동굴에서의 체험을 미디어아트로 제작하여 미술관에서 틀었다. 결과적으로는 그 후 내 작업의 방향을 결정짓는 기념비적인 작품이 되었다.

뒤이을 뉴질랜드 전시 전에 짬을 내어 이사를 했다. 봄부터 교토의 미술대학에서 강의를 하게 되어서 7년 동안 살았던 기후현 오가키를 드디어 떠나야 했다. 교토 다카오에 있는 도예가 쇼헤이가 자기네 집에서 두 집 건너에 빈집이 있다고 해서 보러 갔다. 이로리(일본 농가에서 마룻바닥을 사각형으로 파고 난방과 취사를 위해 불을 피우는 장치—옮긴이)와 아궁이가 있는 오래된 집이었다. 재래식 변소 바닥이 떨어져 나갈 것 같았고 외풍이 차가워 손볼 필요가 있었지만, 어쨌든 넓어서 아틀리에 겸용으로 이곳을 빌리기로 결정했다.

허둥지둥 이사를 마치니 아직 이불만 대충 깔고 잠만 잘 정도의 임시 공간이었지만, 새로운 장소에서 새로운 생활이 시작되었다. 망간에서 내려온 지 넉 달. 그 시간을 어떻게든 극복했다는 안도감과 새로운 환경에 대한 기대 속에서 봄을 맞이했다.

대학 수업도 시작되어 나는 '무대예술과 객원교수'라는 직책을 얻게 되었다. 무대가 전문이 아닌 나를 불러준 사람은 오타 쇼고 씨(2007년 별세). 대학 강의를 해본 적이 없었던 나는 오타 씨가 말한 '경계선상의 표현'을 학생들에게 어떻게 제시할 수 있을까, 두근두근하는 마음으로 수업에 임했다.

2004년 4월 14일. 나는 이날 부산 비엔날레의 어시스턴트 큐레이터 타일러 러셀과 교토역 근처의 꼬치구이집에 있었다. 그에게서 첫 연락이 왔던 것은 한 달 전. 서울에 체재하는 캐나다 사람인 타일러는 정중한 일본어로 그해 여름에 개최될 부산 비엔날레 출품 건을 타진해 왔다.
전화에서는 모범생 같았던 인상과 달리, 타일러는 융통성 있는 편안한 남자였다. 이렇게 위압감을 주지 않는 백인은 드물겠다고 생각했다. 최근 미토예술관에서 제작한

내 설치 미술의 제목이 '빅 블로잡(Big Blow-Job, 거대한 펠라치오)'이라는 이야기를 하며 분위기가 무르익고 술도 얼큰해지자, 바로 "부산에서는 어떤 작품을 할까?"라는 이야기로 넘어갔다. 타일러에게 부산의 인상을 들으면서 떠올랐던 구상은 부산의 폭주족을 모으고 개조한 차의 경적을 사용해 콘서트를 여는 것이었다. 어떻게 연습을 할까, 과연 폭주족과 어떻게 접촉할 수 있을까? 문제는 산더미 같았지만, 그래도 타일러는 "내가 가서 먼저 준비 해볼게요, 어쨌건 이 프로젝트는 재미있으니까!"라며 무척 기뻐했다. 우리는 빠른 시일 내에 다시 만나자며 유쾌하게 헤어졌다. 8월에는 거의 부산에서 체재하기로 해서 여름의 일정을 어떻게 다시 짜야 하나, 싶은 생각이 들었지만, 타일러와 함께라면 정말 실현할 수 있을지도 모르겠다는 생각이 들었다.

그로부터 이틀 뒤, 전화가 울렸다. 여전히 서울에 있던 K였다. 서울에서 전화를 거는 일은 드물었기에 무슨 일인가 생각했지만, 잠시 일상적인 이야기를 나눈 뒤 K가 말했다.

"저기, 아기가 생겼어……. 아하하하."

불과 몇 달 전에 우리가 망간 기념관에서 함께 지냈던 그 날 밤, 꿈을 꿨다. 악몽이었다. 아니, 악몽이라기보다는 악몽을 꾸었던 것처럼 깨어났다. 다름 아닌 K가 아기를 가지는 꿈이었다. K가 임신 사실을 알려준 순간, 쿵 하고 심장이 떨어지는 듯한 충격이 전해졌다. 그리고 "아, 다행이다. 꿈이었구나"라고 안심한 후 가슴이 뛰어서 얼마간 다시 잠들 수 없었다. "왜 그렇게 깜짝 놀랐던 걸까?"라는 생각이 들어서, 나의 반응이 오히려 충격이었던 것이다.

그리고 K는 정말로 아기를 가졌고, 그 이야기를 들은 나는 예전의 꿈이 거짓말인 것처럼 침착한 상태로 사실을 받아들이고 있었다.
수화기 너머 약간 기운 빠진 '아하하하'와 '에헤헤헤'의 중간 정도 웃음. 기쁨을 참는 듯한 웃음소리. K로서는 있는 힘껏 쑥스러움을 숨기고 있었을 것이다. 하지만 나는 그 웃음소리를 듣는 순간, 앞으로 일어날 여러 일이 한꺼번에 보이는 듯한 기분이 들었다.

수화기를 놓고 나는 잠시 집을 정리했다. 그날도 약속이 있었기에 외출 준비를 한 후, 타일러에게 전화를 걸었다.

"그저께 이야기했던 부산 전시 계획을 백지로 돌려야겠어요. 미안해요. 제가 아빠가 됩니다."

(젊은 시절, 결혼이라는 '제도'를 난센스라고 생각했다. 하지만 실제로 결혼제도가 없는 사회를 경험하지 않았기 때문에 있는 편이 좋은지, 없어져도 좋을지는 모르겠다. 스스로가 납득할 수 없는 제도는 납득하기 전까지 받아들여서는 안 된다고 생각하고는 있지만 결혼에 대한 답을 그렇게 간단히는 내놓을 수 없어서 우선 혼인신고를 하기로 선택했다.)

오토바이로 교토의 거리를 달리며 여러 가지 생각을 했다. 오늘은 내 인생의 중대사가 일어난 날이로구나, 하지만 하고 있는 일은 평소와 다름이 없구나.

독일인인 유리아에게 "실은, 오늘 인생 최대의 전기를 맞이했는데 말야"라고 말하자, 바로 "애기 생겼어? 그래서 결혼하는 거야? 정말로?"라는 대답. 이런 일은 세계적으로 공통인가?

다음 날, 부모님께 임신 사실을 알렸다. 전화로 K의 말투를 흉내 냈다. 잠시 안부와 일상 이야기를 나눈 뒤 "저기, 아기가 생겼어요. 네네, 아기. 아하하하."

'아하하하' 부분에서 목소리가 뒤집어지며 영 자연스럽

지 않았다. 어머니는 잠시 말이 없었다.

K는 처음에 몸이 안 좋았지만, 설마 임신이라고는 생각지 못하고 서울의 병원에서 위 검사를 받았다. 그리고 뱃속에 이물감이 있는 것도 변비 탓으로 착각하고 손바닥으로 두드려서 마사지만 했다고 한다. 그렇게 임신임을 알게 된 것은 다섯 달이나 지난 후였다.

말하자면 이런 것이다. 모든 일이 제대로 된 타이밍에 일어났다. 나는 '재일의 연인'으로 망간 기념관에서 석 달을 머무른 후, 서울에서 서예 교실을 다녔다. 두 가지 일이 이 순서로 일어나지 않았다면 임신은 전혀 다른 의미를 띠었을지도 모른다. 게다가 K가 임신을 알아차린 것이 늦지 않았다면 작업 일정은 뒤죽박죽이 되어 여러모로 곤란해졌을 게 분명하다. 아기를 가졌다는 소식은 여러 가지 일을 어떻게든 정리해서 겨우 한숨 돌릴 수 있는 타이밍에 들려왔다. 그 후 K의 부모님이 다카오의 새집으로 찾아오셨을 때, 이사를 해서 정말 다행이라고 생각했다. 오가키의 아파트는 정말 두 분께 보여드릴 만한 곳이 못 되었다.

수업을 할 때, "에, 실은 조만간 결혼을 하게 돼서"라고 말하자 "우와~"라는 탄성이 울려 퍼졌다. 이후 학생들은 돈을 모아 아기 옷을 선물해주었다. 고마운 학생들이다.

여하튼 임신 5개월. 배가 많이 부르기 전에 식을 올리려고 생각하니 두 달밖에 시간이 없다. K는 2년간 살았던 서울에 짐을 남겨둔 채 허겁지겁 오사카로 돌아왔다. 그리고 나는 K의 부모님께 인사를 하러 갔다.

'7년 동안이나 말도 없이 딸과 사귀어왔으며' '예술이라는 신용하기 어려운 일을 하고 있는' '일본인'이라는 삼중고를 안은 남자가 "속도위반 결혼을 허락해주십시오"라고 고개를 조아리러 가는 것이다. 몇 대 맞는 것으로 해결될까. 문턱을 넘는 일이 가능할까. 나는 여러 장면을 머릿속에 그려두고 각오를 다지며 출발했다.

처음 K의 부모님을 만났을 때의 일이 실은 잘 기억나지 않는다. 잔뜩 긴장한 나는 도리어 부모님께 격려받은 것 같은 생각이 든다. 확실히 기억나는 것은 '아버지'가 K로부터 사귀는 남자의 이름을 처음 들었을 때, 어떤 녀석인지 인터넷에 검색해보았다는 사실이다. '아버지'는 '재일의 연인'의 기사를 보았다. 인터넷에는 여러 가지 폐해가 있다고 생각하지만, 이때만큼 인터넷 회사가 고마웠던 적은 없다.

결혼식을 어디에서 어떻게 치를지 여러 사람들과 상담했는데, 그중 한 지인은 야구장을 제안했다. 일본 팀과 한국 팀으로 나누어 실제로 야구 시합을 하자는 취지였다. 꽤 재미있으리라는 생각이 들어 찾아봤더니 야구장은 의외로 싸게 빌릴 수 있었다. 하지만 비가 올 경우의 대안을 아무래도 찾지 못했다. 그렇다면 지붕이 덮인 야구장은 어떨까 싶어서 오사카 돔에 문의했지만 주말은 비어 있지 않았다.

양가 친척끼리 상견례를 마쳤을 때는 고작 한 달밖에 남지 않았다. 하지만 결혼식에 대해서는 아무것도 결정된게 없었다. K에게 오사카에서 교토로 와달라고 해서 차로 여기저기를 돌아다니며 장소를 물색했다.
오타 쇼고 씨의 부인도 재일코리안이라는 이야기를 듣고 K와 함께 만나러 갔다. 오타 씨 부부는 여러 이야기를 해준 뒤에 "정말 축하드려요"라고 축복해줬다. 오타 씨에게는 결혼식에서 첫 번째로 연설해달라고 부탁했다.
나는 7월에 새롭게 개관하는 시가현의 '보더리스 아트 갤러리 노마(Borderless Art Gallery NO-MA, 현재는 '보더리스 아트 뮤지엄')의 오프닝 전시에 출품하게 되었다. 그곳은 장애를 가진 사람과 건강한 사람의 작품을 함께 전시하는 개성 있는 갤러리를 목표로 하고 있다. 둘러보았더니 오래된 시골집을 개조하여 차분한 느낌을 주는 공간이었고, 바로 앞에 '조선인 거리'라는 이름이 붙은 길이 있었다. "여기다!"라는 생각이 들었다. 무엇보다 '보더리스(경계 없는)'라는 콘셉트가 우리의 결혼식에 딱 들어맞았다. 개관 전에 전시장을 빌릴 수 있는지 디렉터인 하타 요시코 씨에게 상담했더니, 물론 사용해도 좋다는 고마운 답이 돌아왔다. 노마의 모체인 시가현 사회복지 사업단의 세코 씨와 협의하기 위해 나와 K는 차로 두 시간 정도 떨어진 오미하치만(近江八幡) 시에 자주 드나들었다. 가까이에는 성곽의 수로가 있어서 노를 젓는 작은 조각배가 떠다니고 있었다. 식은 6월 20일에 올리기로 했다.

우리는 식을 어떻게 진행할지 이야기를 나누었다. 다양한 아이디어가 나왔다. 무엇을 참조해야 할까? 이데올로기와 전통이 얽혀 있는 결혼식을 디자인하는 것은 작품보다 훨씬 어렵다. 무엇보다 가족과 친척들이 만족하며 돌아갈 수 있을까? 그것이 최대이자 최소 목표다.

그런데 결혼식을 올릴 때만 아무렇지 않게 크리스천이 되는 것을 나는 믿을 수 없다. 특정 종교를 믿지 않는 사람(나는 여기에 대해 긍정적이다)이 의식이 지닌 양식에 대해서는 생각지 않고 어물쩍 기존의 종교 스타일에 의지하는 일은 고개를 가누지 못하는 아기와도 같다. "나는 머릿속이 뻥 뚫려 있어요"라고 고백하는 셈이다. 혼례와 장례를 어떻게 치를까 하는 문제는 문화의 근간, 즉 생활양식의 근간과 관련 있는 일이다.

하지만 현재 일본의 결혼식에서 사고방식과 양식을 일치시키기가 무척 힘들다. 먼저 기존의 결혼식장을 사용하지 않는다면 설비 전체를 손수 마련해야 한다. 식사와 손님 대접의 절차를 전부 개별적으로 준비해야만 한다. 요컨대 기존 방식을 그대로 따르면 편한 것은 분명하다.

노마에는 테이블과 의자, 무대 단상에서 음향 설비까지 전부 우리가 가지고 와야 했다. 게다가 1층의 메인 공간만으로는 손님이 다 들어오기에 부족해서 2층과 맞은편 방까지 빌려 초대했기 때문에 결혼식의 라이브 영상을 다른 방으로 중계하기 위한 비디오 시스템도 필요했다. "오, 연예인 수준이잖아요?"라는 놀림을 받았지만 기무라와 미나미, 우에미네가 영상과 관련된 모든 것을 담당

해주기로 했다.

도시락은 시식해보니 맛이 좋았던 근처의 가게에서 주문했지만, 여름이라서 조금 걱정이었다. 손님에게 원활하게 음식을 대접하기 위해 가르치는 학생들에게 도와달라고 부탁하기로 했다.

손님에게 건넬 결혼식 답례품은 쇼헤이 부부에게 부탁했다. 내가 무척 좋아하는 작품인 원숭이 얼굴이 다리 양쪽에 붙어 있는 작은 찻종. 처음에 100개 정도를 생각했지만 초대할 사람이 점점 늘어나 최종적으로는 300개나 만들어야 해서 부부는 매일 필사적으로 물레를 돌렸다. 화장품 상자를 만들어주는 곳을 찾아서 아름다운 무늬의 종이를 골라 찻종 두 개가 들어갈 크기로 준비해달라고 했다. 차를 몰고 직접 찾아와서는 종이로 싸서 하나씩 상자에 넣었다.

결혼식에 음악이 빠져서는 안 된다. 친구 노무라 마코토에게 부탁하려고 생각했는데 영국에 머물고 있어서, 가믈란을 하고 있는 '마르가사리'라는 그룹을 추천받았다. 마르가사리는 가메오카의 산속에 크고 작은 다양한 악기가 죽 늘어선 멋진 연습장 '스페이스 하늘'이라는 공간을 두고 있다. 그곳에 찾아가 다양한 연주를 들으면서 결혼식 당일에 쓸 음악을 골랐다.

드랙퀸 '나자'에게 쇼를 부탁했던 것은 내가 속해 있는 문화를 가족들에게 소개한다는 의미도 있었다. 요즘은 클럽에 자주 가지 못하지만, 그래도 내 속의 어떤 부분은 언더그라운드 클럽 문화에서 영향받은 바가 크다고 생각하고 있다. 나자와는 면식은 있었지만 그렇게 친하지는 않았다. 한 번 쇼를 보았는데, 압도적인 존재감과 요염함에 꼼짝 없이 묶여버린 듯한 상태였다. 지인을 통해 연락을 취했더니, 나자는 비디오 영상을 보내주었다. 그가 가진 다양한 레퍼토리는 어느 하나 뛰어나지 않은 게 없었지만, 나자 본인이 "이게 재미있지 않겠어?"라고 말한 난센스로 가득한 안무인 '안팎 호이'와 아찔할 만큼 황홀한 '아라비아 어릿광대의 춤'을 부탁했다.

그리고 니카이도 씨. 이 가수도 나를 꼼짝 못하게 만드는 사람이다. 망간 기념관 이후로 만나지는 못했지만 "결혼식에 오셔서 축가를 불러주실 수 있으세요?"라고 부탁하자 "'사랑의 찬가' 같은 노래가 어떨까요?"라는 답이 왔다.

어느 날, K가 메이크업 준전문가인 친구에게 시험 삼아 신부 화장을 받아본 사진을 보냈다. 사람이 화장 하나로 이렇게 변할 수 있을까? 이제껏 본 적 없는 K가 있었다. 이제 괜찮다는 생각이 들었다. 신부가 아름다우면 나머지는 크게 상관없기 때문에.

알게 된 지 얼마 되지 않은 후시미 공예의 와다 씨가 "결혼식에는 간판이 필요하지. 축하 선물로 만들어줄게"라고 말해서 세 종류의 간판을 받기로 했다. 서예로 나와 K의 이름을 잔뜩 쓴 뒤 잘된 글자를 골라 스캔했다. 민족 전통 의상 책에서 한국과 일본에 가장 관계가 있을 법한 옷을 골라 두 사람의 얼굴을 합성했다. 행진용 간판에는 K가 그린 얼굴 낙서를 길게 늘여 막대기에 붙였다. 전화로 "대충 이런 느낌이야"라고 이야기를 들었는데, 완성되어 도착한 간판은 제대로 된 주문 제작 가구 수준이었다. 사회는 부산 비엔날레의 디렉터인 타일러에게 부탁하기로 했다. 알게 된 지는 얼마 안 되었지만 타일러라면 분명 잘해주리라 생각했다. 또 주례는 미국인 웨인. IAMAS에서 영어 강사를 하는 웨인과는 나도, K도 잘 아는 사이였다. 오가키에 있었을 때 가장 친하게 지내던 친구이며 내 작품에 대해 신랄한 비평을 아끼지 않는 좋은 조언자이기도 하다. 그는 일본어를 못하기 때문에 요시오카 씨에게 통역을 부탁했다. 박학다식한 웨인은 이슬람교와 기독교와 유대교의 일화를 섞은 주례를 준비해주었다.

나는 이틀 동안 거의 잠을 못 잔 채 결혼식 당일을 맞았다. 간신히 머리를 잘랐지만 잠을 못 잔 탓인지 부스스해져서 소박하면서도 우스꽝스러운, 묘한 꼴이었다. 아침이 되어도 준비가 안 끝난 것이 몇 가지나 있었다. 맹렬한 속도로 손님의 자리 배치를 시작했다. 결혼식 경험이 있는 누나가 일찍부터 와서 일사천리로 접수 준비를 해주었다. 예정된 시간보다 빨리 손님이 도착하기 시작해서 점점 초초해졌다. 평상복을 입은 채 우왕좌왕하는 나를 친척들이 이상하다는 표정으로 보고 있었다. 그래도 혼인 예복을 입자 기분이 한결 새로워졌다.

웨인의 훌륭한 연설을 들으며 다음 순서인 반지 교환을 생각하다가, 반지를 챙겨 오지 못했다는 사실을 깨달았다. 식은땀이 흘렀다. 웨인의 주례가 끝나고 "자, 다음으로……"라고 말하는 사회자 타일러에게 "없어. 반지가 없어"라고 귓속말을 했다. 잠시 웅성거림이 있었지만 눈 깜짝할 사이에 K가 기지를 발휘했다. 종이를 길게 찢어 서로의 손가락에 감아서 위기를 모면했다. 결혼식이 끝난 후, 바닥 한구석에 반지가 떨어져 있는 것을 발견했다.

축하 인사를 부탁했던 분들 가운데에서도 이 선생은 역시 이색적이었다. 더블 정장 호주머니에서 망간 기념관의 팸플릿을 꺼내 설명하는 모습은 뭐랄까, 거부할 수 없는 박력이 넘쳤다. 이 선생이 아버지에게 인사하고 있는 모습을 발견했다. "저 사람은 괜찮아요. 아무 걱정 안 하셔도 됩니다"라고 말하는 소리가 희미하게 들렸다. '저 사람'이란 나를 가리키는 것이었다(고 생각한다).

타일러의 일본어는 후텁지근한 날씨로 인한 분위기를 시종일관 상쾌하게 만들었다. 식의 막바지에 부모님이 단상에 오를 때, "그리고 마지막으로 K의 엄마랑 아빠, 다카미네 다다스의 엄마와 아빠를 단상 위에, 나란히 서"라고 했다. 예측불허의 변화구를 수없이 던지는 타일러의 사회는 위계를 무화시키는 절묘한 효과가 있었다.

결혼식은 내 아버지의 발언으로 끝났다. 아버지의 연설은 결혼식을 위해 분주히 애써준 모든 분들에 대한 감사

인사로 가득해서 참석한 사람들의 가슴을 울렸다. 아버지의 이야기를 들으면서 나는 '감사합니다. 아버지, 어머니, 고마워요, 모두들 감사합니다'라고 속으로 몇 번이나 되뇌었다.

결혼식이란 가족에게 얼굴을 보여주는 일이다. "제대로 잘살겠습니다. 걱정하지 마세요"라는 말을 가족과 친척에게 보여주기 위해 벌이는 일이다. 그렇다면 나는 대체 어떻게 보였을까? 그런 생각을 하며 결혼식을 촬영한 비디오를 보니, 내 행동과 움직임은 마치 어린 동물마냥 산만했다. 처음부터 끝까지 안절부절못하며 눈빛이 이상해지기도 했다. 기인처럼 보였다. 내가 가족에게 주었던 인상을 상상하면 암울해지기까지 했다.

게다가 나는 신랑인데도 축하 연설을 하는 사람들을 제대로 보지 못하고 단상 위에도 있지 않았다. 무대감독을 별도로 정해놓지 않았기 때문에 벌어진 실수였다.

덧붙여 식의 준비도 엉망이어서 예정했던 시간을 훌쩍 넘기고 말았다. 식이 끝난 후 평상복으로 갈아입고 돌아오니, K의 여동생이 생긋생긋 웃으며 "잊어버리셨죠?"라고 한다. 신부 동생에게 인사말을 부탁했던 일까지 깜빡했던 것이다. 진심으로 사과하고 K와 함께 다시 단상에

서서 처제의 축하 인사를 들었다. 우리 두 사람만 듣기에
는 너무 아쉬울 만큼, 한 마디 한 마디 정성껏 골라 쓴 감
동적인 글이었다.

보통 결혼식장에서는 있을 수 없는 실수투성이의 결혼
식이었다.

반면에 친척의 반응은 대부분 좋았다. "지금까지 가본 결
혼식 중에서 가장 재미있었어요"라는 인사를 몇 사람한
테나 받았다. 준비했던 음식도, 쇼헤이가 만든 답례품도
무척 평판이 좋았다. 니카이도 씨와 나자의 축하 공연에
대한 반응도 폭발적이어서, 친척들 사이에서는 한참이나
화제가 되었던 모양이다.

다음 날, (K의) '아버지'에게 감사 전화를 드렸다. '아버
지'는 "수고했네. 좋았어"라고만 말씀하시고 준비가 부
족했던 점을 조금도 탓하지 않으셨다.

식을 끝내고 얼마 있다가 나와 K는 페리를 타고 부산으
로 갔다.

나는 부산 비엔날레 행사에 참석하기 위해, K는 서울에
남겨둔 짐을 가지러 가기 위해. 겸사겸사 처리해야 할 일
이 덧붙은 신혼여행이었다. 페리호의 아름다운 나트륨
등이 7개월이 넘어 꽤 불러온 K의 배를 어슴푸레 비추

는 갑판 위에서 사진을 찍었다.

부산에서는 파도치는 해안에 앉아 아침까지 타일러와 이야기를 나눴다. 이번 부산 비엔날레 출품작에는 영상 작품이 많다고 한다. 결혼식의 다큐멘터리는 영상으로 만들면 너무 길어지기 때문에 관객들이 보기에 힘들지도 모른다. 그래서 영상이 아니라 사진과 텍스트로 구성하기로 했다. 제목은 고민 끝에 '베이비 인사동'으로 정했다. 결혼식보다 곧 태어날 아기에게 초점을 맞추자고 생각했던 것이다.

다카오로 돌아와, 나는 서둘러 '베이비 인사동'의 텍스트 집필에 돌입했다. 컴퓨터를 들고 근처 패밀리 레스토랑을 전전하면서 일주일 정도 걸려 완성한 후 K에게 보여줬다.

고타로에게 전화를 걸어 작품 계획을 설명하니, "설마 그걸 혼자서 할 생각이었어요? 절대로 시간에 못 맞출걸요"라고 말하며 바로 달려왔다. 고타로가 온 후에 알게 되었지만, 많은 친구들에게 긁어모은 사진과 비디오 중에서 적당한 이미지를 고르는 일은 방대한 작업이었다. 매일 밤늦도록 캡처와 레이아웃 작업을 했다.

감상이 끼어드는 경우는 없었지만, 나와 K가 조각배를 타고 등장하는 장면은 몇 번을 봐도 눈물이 났다. 내가 배 예약을 깜빡 잊어버린 탓에 신랑신부 입장이 꽤 늦어졌는데도 마르가사리가 연주하는 깊은 음색이 그 시간을 여유롭게 만들어주었다. 모두가 기다리고 있는 물가 쪽으로 다가가면서 배 위에 있던 나와 K는 눈물범벅이 되었다. 눈물을 참고 있는 많은 사람들의 얼굴이 눈에 들어왔다.

편집하던 손을 자꾸자꾸 멈추고 넋이 나가 비디오를 바라보곤 했다.

K의 배는 나날이 불러와서 걷는 것도 꽤 불편해 보인다. 집 근처엔 가게가 없어서 차로 장을 보러 나가야 한다. 차에서 내린 후 성급하게 성큼성큼 걷지 좀 말라고 K에게 몇 번이나 이야기했다. 나는 전혀 여유가 없는 상태다. 니가타의 댄스 그룹 노이즘(Noism)과의 공동 작업도 예정되어 있지만, 부산 비엔날레 작업과 병행하기가 힘들어서 초초하다. 스케줄 조정 때문에 니가타에서 종종 전화가 걸려 왔다. 일정을 바꾸어서 아이가 태어나면 바로 니가타로 가게끔 진행했다.

발주한 '베이비 인사동' 작품 액자는 직접 들고 가지 않으면 시간에 맞출 수 없었다. 인쇄하고 최종 가공은 오사카의 업자에게 부탁했는데, 나는 20킬로그램짜리 액자 묶음을 받은 즉시 부산으로 날아갔다. 작품은 무사히 부산 비엔날레의 빨간 벽에 전시되었다.

출산 체험기

2004년 여름. 아이를 낳을 장소를 어디로 할까 고민하던 어느 날, 아내가 나에게 말했다. "나, 바닷가에서 낳고 싶어." 황당무계한 발상에 놀랐다. 내리쬐는 여름의 태양. 밀려오는 파도의 리듬. 자연에 몸을 맡기는 출산을 머리에 그려보니 흥분이 되어 콧구멍이 벌렁거릴 정도였다. 하지만 현실은 만만치 않았다. 적당한 장소를 찾는 일도 쉽지 않고, 무엇보다 우리 두 사람만 가족과 떨어져서 따로 아이를 낳는 것을 양쪽 집안 어른들이 강하게 반대했다. 그래서 겨우 출산 장소를 결정한 것이 예정일보다 두 달 앞선 시기였다. 시가현 교외에 고즈넉하고 분위기 좋은 조산원을 발견했다.

9월 24일, 새벽 5시. 갑자기 양수가 터졌다. 조산원에 도착한 시간은 7시. 그때부터 아기가 나오기까지 약 여덟 시간. 나는 지금까지 본 적 없는 아내의 표정과 마주할 수 있었다. 출산의 고통이 질병과 다른 것은 '필요로 하는 아픔'이라는 점이 아닐까, 라고 생각한다. 무언가 커다란 존재가 그 커다란 아픔을 필요로 하고 있어서 아내의 눈은 그 '무언가'의 정체를 간파하려는 듯 때때로 크게 떠졌다. 미래영겁(未來永劫)의 야성과 완전히 하나가 된 아내가 조금은 부럽다고 생각했지만, 그런 말을 하면 혼날 것 같은 생각이 들어서 나는 조용히 카메라를 돌렸다. "바닷가에서 낳고 싶어." 복잡하게 변화하는 아내의 표정을 보고 있으니, 그렇게 말했던 그녀의 마음을 점점 알 것 같은 기분이 들었다.

위의 글은 '바다로'라고 제목을 붙인 비디오 작품의 해설문입니다. 나는 미술 작품을 만드는 작가입니다. 아내의 출산을 촬영한 비디오는 출산 후 넉 달이 지나 센다이에서 열린 전시에서 발표했습니다. 나는 아내가 아이를 낳는 동안 비디오카메라로 그녀의 표정을 계속해서 찍었습니다. 녹화된 테이프에는 아내의 얼굴 말고는 어떤 것도, 아이가 나오는 순간도, 조산원의 모습도 전혀 보이지 않습니다. "얼굴만 찍는다." 이는 아주 예전부터 결정된 것이었습니다.

"출산을 지켜봤던 감상문을 써줘"라고 아내가 부탁해서 어떻게 시작할까 잠시 고민했지만, 나에게 출산을 마주하는 시간이란 이 비디오를 촬영하고 이후에 작품으로 만드는 것과 무관하지 않았습니다. 입 밖에 내면 너무 제멋대로이고 자기밖에 생각하지 않는 듯 들려서 아내가 섭섭하지는 않을까? 나는 이 체험을 말로 표현하는 일을 피하려 했던 것 같습니다. 실제로 촬영하는 동안에도 카메라 앵글을 계속 얼굴에 맞춰놓고 그토록 중요한 순간을 '파인더 너머로 바라보는 냉담한 아버지'의 존재가 출산에 나쁜 영향을 미치지는 않을까? 아내가 섭섭하게 생각하지는 않을까? 내심 아슬아슬해했던 기억이 납니다.

출산에 입회했던 사람들의 이야기는 예전부터 들어왔습니다. 보통은 아기가 태어날 때 남자가 얼마나 무력한지에 대해 이야기합니다. 힘내라고 등을 쓰다듬어줘도 귀찮아하고, 산통이 길어지면 "혼자만 태평하게 자지 마!"라고 혼나거나, 무엇을 해야 할지 몰라서 우왕좌왕하고 있으면 "멍청이!"라는 욕을 먹거나 하는, 어쨌거나 한심한 남자의 모습이었습니다.

그렇지만 뭐랄까, 그렇기 때문에 오히려 남편이 출산을

지켜보는 쪽이 좋다고 생각합니다. 그렇게 우스꽝스럽고 균형이 맞지 않는 공동 작업은 그다지 흔하지 않기 때문입니다. 결국 아내는 "당신이 있어줘서 다행이야"라고 마지막에 말해주기 때문입니다.

내가 끝까지 카메라를 돌릴 수 있었던 것은 (그게 가장 우스꽝스러운 모습이었을지도 모르지만) 뭐니 뭐니 해도 베테랑 조산원을 절대적으로 신뢰했기 때문이라고 생각합니다. 그리고 또 다른 이유는 아내가 방해물을 보듯 나를 바라보지 않았다는 점입니다. 아내의 얼굴이 고통으로 일그러질 때마다 어떻게 하면 아픔을 덜어줄 수 있을까, 나 역시 최선을 다해 생각했습니다. 하지만 입 밖으로는 나오지 않았습니다. "나도 여기 있어"라는 사실을 어떻게 표현하면 좋을지 알 수 없었습니다. 아내는 커다란 풍선에 매달려서 한곳을 응시하며 몸 전체로 커다랗게 숨을 쉬었습니다. 그녀의 표정은 이제까지 정말로 본 적이 없을 정도로 일그러져 있어서 내가 해줄 수 있는 한계를 넘어섰다는 것만 이해했을 뿐입니다.

다만 "힘내, 힘내"라고 마음속으로 되뇌면서 그녀의 몸속에서 일어나고 있는 현상을 나 자신의 몸과 겹쳐보려 했습니다. 이상하게도 불안감은 없었습니다. 몇 시간만 지나면 새로운 가족과 함께 세 사람이 웃으며 끌어안을 수 있겠지, 라고 계속 생각했습니다.

그리고 정말로 그렇게 되어서 아기가 무사히 태어난 뒤에 아내는 고통이 지나간 부드러운 표정으로, 첫 대면이라 조금은…… 그래도 그리워하던 사람을 만난 것 같은 모습으로 언제까지나 아기를 바라보고 있었습니다.

부끄러운 이야기이지만, 나는 출산 후에 그렇게 많은 양의 태반이 나오는지 몰랐습니다. 그렇게 조그맣고 귀여운 것을 둘러싸고 있었다고는 생각할 수 없을 만큼 크고 그로테스크한 핏덩어리라니(미안, 그래도 너는 엄마 뱃속에서 그걸 먹고 자랐단다!), 정말로 깜짝 놀랐습니다. "인간의 살을 자른 것은 처음이었는데 어째서 아프지 않았던 걸까?"라고 생각하면서 탯줄을 자르자("싹둑" 하는 소리가 들렸습니다), 새삼스레 몸이 지닌 불가사의를 깨달았습니다.

아내에게 "카메라가 성가시지 않았어?"라고 물었더니 "카메라를 보느라 눈에 초점이 맞춰져서 오히려 긴장을 풀 수 있었어"라고 대답해서 안도했습니다. 작품을 만든다는 행위는 매우 객관적인 작업이어서 출산이라는 친밀한 작업과는 잘 맞지 않지만, 그것을 아내가 이해하고 나를 신경 써서 그렇게 말해줬을지도 모릅니다.

어쨌건 '출산에 관해서는 무력한 남자'가 '자신이 영원히 체험할 수 없는 야성'을 '경외와 선망의 시선'으로 촬영한 비디오가 세상에 나오게 되었습니다. 솔직히 말하면, 나는 이 비디오가 무척 아름답다고 생각합니다. 몇 년이 지나 아이가 커서 함께 이 비디오를 보며 "네가 주인공이 된 첫 작품이야"라고 말할 수 있는 날을 기대하고 있습니다.

'좋았던 출산의 날, in 시가 2006' 팸플릿에서

우리가 처음부터 병원 출산을 고려하지 않았던 건 무엇 때문이었을까? 주위 친구들로부터 영향을 받은 것은 확실했다. 아야노도 자택에서 출산했고, 네덜란드에 사는 치카짱은 자택에서 수중 출산을 하는 모습을 인터넷으로 중계하기도 했다. 하라 가즈오(原一男)의 〈지극히 사적인 에로스·연가 1974〉를 보고 혼자서도 출산이 가능하다는 사실에 감명을 받았다. 하지만 기본적으로 나도, K도 '상식으로 여겨지는 것에 대한 의심'이 강하다는 사실이 가장 크게 작용했다고 생각한다. 출산 방법에 대해 조사해보면서 병원 출산이라는 '안전 신화'가 전후에 미국의 영향 아래 만들어진 것은 아닐까, 라는 생각이 들었다. 또한 모유 수유를 빨리 끝내고 분유로 바꾸라는 식으로 말하는 육아서도 근거를 의심해봐야 한다. 반면 만나봤던 산파들의 이야기는 합리적이었고 거짓되지 않아 보였다. 조산원은 '비문명적이고 위험'하다는 낙인이 찍혀 점점 경영이 곤란해지고 (법적으로도) 제한을 받고 있지만, 이런 상황을 만들어낸 것도 과학으로 세뇌된 우리들 대다수 때문은 아닐까.

지금 큰애는 네 살이 되었고, 그 후 태어난 두 번째 아이까지 네 명이 함께 살고 있다. 첫째 아이가 태어난 다음 날부터 석 달간 나는 니가타에서 열린 공동 작업 때문에 집을 떠나 있었다. 정해져 있던 예정이었기에 어쩔 수 없었다고는 하지만, 파트너가 없는 상태가 얼마나 힘들었는지 그 후 K로부터 여러 번 이야기를 들었다. 둘째가 태어날 때도 중국 전시 일정이 겹치는 바람에, 첫 출산 때를 반성하면서 고타로와 갤러리스트인 우라노 씨, 아라타니 씨에게 대신 가달라고 부탁했다. 나는 일본에서 인터넷 비디오 중계를 이용해 신작 설치 작품을 원격으로 작업했다. 만듦새도 만족할 만해서 마음만 먹으면 무엇이든 할 수 있구나, 하고 생각했다(중국 현장은 아수라장이었다고 하지만……).

K는 한국어를 쓰지 않으면 잊어버린다며 때때로 한국 드라마를 본다. 아이는 '오토상' 대신에 '아빠', '오카상'

대신에 '엄마'라며 우리를 한국말로 부른다. 처음에는 다른 사람이 알아듣지 못하는 것을 이상하게 생각하는 눈치였으나, 자기가 보통 때 쓰는 말이 '일본어'라는 언어임을 이해하고 난 후에는 상황에 따라 적절히 나누어 쓰게 되었다. 그런 외손자를 보려고 '아버지'와 '어머니'는 종종 집에 오신다.

나는 아이가 생김으로써 장래를 '가족'이라는 단위로 생각하게 되었다. 그리고 시대는 모든 것을 지구 단위로 생각해야 하는 때를 맞이하고 있다.

아이가 자신이 어떤 것을 즐거워하고 어떤 것을 불쾌해하는지 알았으면 좋겠다. 그렇게 자신의 쾌, 불쾌를 알게 된 후에는 타인의 쾌, 불쾌에 대해서도 알았으면. 그리고 그 이후에 아이와 함께 생각하고 싶다. 그 앞에 있어야만할 지평, 인류 공통(Common)의 지평을.

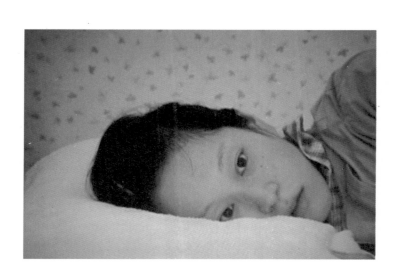

○

'재일의 연인' 이후, 나는 1년에 한두 번 정도 망간 기념
관을 찾았다. '게이호쿠초'는 교토 시에 합병되어 언제부
터인가 교토 시 우쿄구가 되었다. 동굴의 설치 작품에서
받침대로 썼던 덩굴은 1년 만에 썩어버렸기 때문에 이듬
해 노송나무 뿌리로 교체했다. 갈 때마다 모습이 조금씩
달라지는 기념관을 보는 일은 즐거웠다. 고타로와 우에
미네, 기무라와 미나미는 항상 함께했고, 때때로 새로운
친구들이 가세했다. 이 선생 가족은 언제나 반갑게 맞아
주었고, 그리워했던 오두막에서 연기에 둘러싸여 다 함
께 불고기 파티를 벌였다. 우리는 잔뜩 술을 마신 후 밤
이 깊어지면 동굴에 들어가서 가지고 온 음악을 듣고는
아침에 느긋이 목욕하고 돌아오는 식이었다. 이 선생이
탄광의 물을 끌어와 목욕물로 썼더니 피부병이 나았다고
해서, 갈 때마다 그 물로 목욕물을 끓였다. 이 선생은 우
리가 산을 내려온 후에 오두막의 기둥을 튼튼히 보강했

는데, "이제 몇 년은 끄떡없이 쓸 수 있어. 태풍이 와도 괜찮아"라며 자신만만하게 말했다.

2008년 5월에 망간 기념관을 방문했을 때, 이 선생이 "내년을 마지막으로 기념관 문을 닫으려고 해"라고 말했다. 며칠 후, '단바 망간 기념관 폐관 예정'이라는 기사가 〈교토신문〉에 실렸다. 기사를 본 몇몇 친구로부터 전화를 받았다.

언젠가는 오리라고 생각했던 망간 기념관의 폐관. 하지만 실제로 그 이야기를 들으니 뭐라 말하기 힘든 착잡함이 몰려왔다. 내가 앞으로 어떤 작품을 만들어도 망간 기념관에서의 기억보다 강렬하지는 못할 것이며, 또한 그 추억은 '작품'만으로 머물지도 않는다. 망간 기념관에서 보낸 시간은 다른 어떤 것과 비교할 수도, 재현할 수도 없는 특별한 시간이었기 때문이다. 일기에 나오는 "작품의 콘셉트 등을 이러쿵저러쿵 고민하는 것이 왠지 어린애 같다"는 감각이란, 다시 말해 방대한 지면을 준다고 해도 전달할 수 없는 나와 망간 기념관 사이에서 존재했던 '교감'이었다. 어느 한쪽이 없으면 성립하지 않기에 요약하는 것이 불가능하다. 이런 감각은 지금도 작품을 만들 때마다 되살아나서, 그때마다 나는 '전달하는' 것의 초초함과 갑갑함을 절절하게 깨닫는다. 중요한 것일수록 다른 사람과 나누어 가지는 일이 어려운 법이다.

'재일의 연인'을 제작한 이후 5년이 지나 상황은 여러모로 변했다. 나는 그 이후로도 계속 작업하고 있으며, 다양한 사람들과 공동 작업을 했다. 고타로도 아빠가 되었고 지금도 내 작품에서 없어서는 안 되는 존재다. 또한 현재 오사카에 있는 AD&A라는 갤러리를 운영하고 있다. 갤러리를 시작할 때 개관전으로 '베이비 인사동'을 전시했다. 고타로에게도, 나에게도 특별한 기억인 이 작품으로 오프닝을 장식할 수 있어서 기뻤다. 개관전에는 이 선생도, 그리고 K의 가족들도 와주었다.

앞으로 '전체'로서의 '재일코리안'을 주제로 작품을 만들 일은 없을지도 모른다. 그 이유를 확실히는 모르겠지만, 재일코리안은 더 이상 내가 '바라보는' 대상이 아니라 혈육이 되었기 때문이라고 말할 수 있으리라. 망간 일기에서도 썼듯, 나는 처음에 이 선생을 '재일코리안'으로 '바라봐야만' 했다. 그리고 그렇게 바라보는 것을 허락해준 이 선생 덕분에 '재일의 연인'은 가까스로 작품으로서 성립할 수 있었다. '베이비 인사동'도 마찬가지다.

나에게 재일코리안은 무엇보다 K였다. 그리고 '아버지'였고, 이 선생이었다. 그 밖에도 많은 재일코리안을 알고 있기는 하지만, 나에게 있어서 재일코리안이란 일반이 아니라 어디까지나 구체적인 개인이었다.

특히 '베이비 인사동'에 대해서는 아직 생각이 깊지 않
다는 비판을 받기도 했다. 앞으로도 씨름해야 할 숙제다.
요컨대 개인적 관계를 이야기하는 것만으로는 불충분하
다고 인식하고 있다. 이 작품이 낙관적 억측만으로 보기
좋게 잘 정리했다는 이야기를 들어도 어쩔 수 없다. 다만
나는 이 작품을 밝게 만들고 싶었다. 현실이 어떠하든 앞
으로 나아가기 위해서는 무엇보다 밝은 지향점을 떠올리
게 하는 작품으로 만들고 싶었던 결과였다.

앞으로도 나는 '일본인'이라는 속성이 주는 무게를 느끼
면서 살아갈 것이다. 앞서 말했던 '혈육이 되었다'는 말
이 부과한 새로운 숙제를 해나가면서.

○

각 장의 순서가 약간 어긋나 있고 분량도 각각 달라 조금은 어지러워 보이는 이 책은 실은 수미쌍관의 구조다. "아직 이름도 없는 우리 아기, Baby, Insa-Dong"으로 끝맺은 첫 장에서 '인사동'이라는 태명으로 불렸던 아기의 이름은 책의 마지막 문장에 다시 등장한다. '코몬', 자라날 아이와 함께 생각해나가고 싶다고 한 인류 공통(common)의 지평이라는 의미다. 그러니 《재일의 연인》은 '인사동'에서 '코몬'으로 이어진, 혹은 여자 친구의 느닷없는 질문으로 깨닫게 된 '자신'의 문제를 '전체'를 바라보는 방식으로 확장해간 시간의 기록이다.

일본 아마존 홈페이지에서는 이 책의 기본 정보를 이렇게 설명한다. "연인과의 보이지 않는 벽을 넘기 위해 동굴로 들어가기로 한 남자. 날카롭고 패기 넘치는 현대 미술가가 쓴 걸작 에세이." 미술가가 집필한 낭만적인 수필집이라는 이미지가 바로 떠오르겠지만, 그보다는 책이라는 형태로 우리에게 찾아온 '미술 작업'은 아닐까. 이 책을 구입해서 읽는 독자는 하나의 독립된 미술 작품을 '감상'하는 동시에 '소장'하는 셈이다. 이렇듯 과감하게 주장할 수 있는 근거는 각 장에 실린 글이 원래 다카미네 다다스의 설치 작품, 영상 작품의 일부라는 점이다. 이른바 '재일 3부작'이라고 불릴 법한 '재일의 연인', 'Korean Studies', '베이비 인사동'과 그 속편에 해당하는 '바다로'가 그것인데, 작품이 만들어진 순서는 책의 배치와는 다르므로 간략히 정리하여 소개하려 한다.

스스로를 정치적 공정함을 견지하며 국가주의의 틀에 얽매이지 않는 자유로운 예술가라고 생각하던 저자에게, 어느 날 재일코리안 2세인 여자 친구 K가 묻는다. "재일코리안을 향한 당신의 혐오감은 도대체 뭐야?" 이 질문을 통해 자신이 비판하던 미국의 제국주의적 시선이 자신에게도 내재돼 있음을 깨달은 다카미네가 찾은 곳은 교토 인근의 망간 광산터였다.

책의 뼈대를 이루는 2장 〈재일의 연인〉은 아시아태평양 전쟁 당시 자행된 조선인 강제연행 및 징용의 역사를 알리기 위해 재일코리안 가족이 손수 세운 단바 망간 기념관에서 3개월간 머무른 기록을 중심으로 한다. 다카미네는 강제 노역의 흔적이 고스란히 남은 동굴 속에 조형물을 설치하고, 관객이 혼자 들어가서 어둠을 직접 체험하게 했다. 산에서 내려와 K가 생활하고 있던 서울의 인사동에 머물면서 붓글씨로 한글을 연습한 'Korean Studies'와 (아마도 이때 생긴) 아기로 인해 혼인에 이르는 과정, 결혼식 이야기, 그리고 출산하는 아내의 모습을 카메라로 촬영한 비디오 작품 '바다로'의 소개 글은 동명의 제목인 세 번째 장 〈바다로〉에 담았다. 첫 번째 장인 〈베이비 인사동〉은 결혼식 장면을 담은 270매의 사진과 내

레이션처럼 글을 배치한 설치 작업에서 텍스트만을 펼쳐 놓은 것이다.

그렇지만 저자가 활용하는 이미지와 텍스트의 결합이라는 제작 방법론에 착안하여 글 부분을 따로 모았다는 이유로 이 책을 미술작품으로만 본다면 너무 단순한 발상일지도 모르겠다. 오히려 글 곳곳에 드러난 다카미네 다다스의 예술과 작품에 대한 생각과 태도에 주목해야 하지 않을까? 예를 들면 "왜 일부러 이런 곳에 살면서 만들지 않으면 안 되남?"이라고 묻는 이용식 관장에게 "그렇지 않으면 작품이 안 됩니다"라고 대답하거나 "어째서 집을 제대로 지으려 하지? 작품 만들 시간이 부족하지 않나?"라는 지인의 걱정에 그 질문에 대한 답이야말로 작품 자체라고 이야기하는 저자의 모습이 눈에 띈다. 교토 비엔날레 개막식에 초대받은 이용식 관장은 "예술이 알아먹지 못할 것이라는 사실을 일부러 확인하러 온 것 같다"고 토로한다. "망간 기념관도 훌륭한 예술작품이에요"라고 대답하는 다카미네에게 "예술과 똑같이 취급하지 말아줘"라는 이 관장. 이들의 대화에서 등장하는 '예술'이라는 단어는 무엇보다 사회와 예술 사이의 회복해야 할 관계에 대해 생각할 기회를 준다.

이 책이 그려내는 예술이란 '숙련된 기법에 의해 완성된 결과물을 미술관이라는 제한된 공간 속에서 정해진 매뉴얼(이를테면 공인된 미학과 미술사라는 기준)에 맞춰 감상하는 것'과는 전혀 다른 차원이다. 그것은 우연한 계기로 삶에 다가온 질문에 대한 답을 찾기 위한 시도이자, 이에 들이는 시간으로 말할 수 있다. 덧붙여 그러한 과정에서 만들어지는 관계와 커뮤니케이션까지 포함하는.

다카미네 다다스의 작업이 지닌 주요한 축은 에이즈와

동성애, 미국의 제국주의, 신체 장애인의 성과 간병 문제를 비롯하여 최근에는 후쿠시마 원전 사고 이후 펼쳐진 일본 사회의 집단 무의식에 이르기까지, 사회에 잠재된 지배와 차별, 억압의 시스템을 재고하는 것이다. 그러한 틀에서 보면 이 책의 주제 역시 역사라고 할 수 있다. 과거 제국주의 시대의 결과로서, 지금은 한국과 일본이라는 '국민국가'의 틀에서도 배제된 디아스포라(이산자)이자 마이너리티인 재일코리안의 현실을 다루고 있기 때문이다. 그러나 이를 전체의 문제로 환원하여 추상적인 결론을 내리거나 '정치적 올바름'에 근거한 당위론에 빠지지 않고 당사자의 입장에 서서 구체적인 이야기로 풀어내는 것이 그의 작업에 일관된 태도다.

번역하면서 가장 어려웠던 점은 '재일'이라는 용어를 어떻게 처리할 것인가 하는 문제였다. 식민지 지배가 원인이 되어 일본에 살게 된 당시의 '조선인'과 그들의 자손을 의미하는 말이지만, 이 단어에는 제국주의의 폭력에 의한 상처가 고스란히 담겨 있다. 우리에게는 '재일교포'가 가장 익숙하겠지만, 외국에 살고 있는 같은 민족이나 국적을 지닌 사람을 의미하는 교포라는 단어를 사용하기에는 모순이 있으므로 우선 제외했다. 그렇다고 '재일한국인'으로 통칭할 수 없었던 이유는 한국 국적을 취득한 사람에게 한정되기 때문이다. 해방 후 분단된 반쪽 조국을 인정할 수 없어서 이미 사라진 나라인 '조선'이라는 적을 유지하고 있는, 국적 없는 사람들까지 포용하기에는 품이 좁은 말이다.

현재 일본에서는 재일(在日)이라고만 표기하고 그 발음대로 '자이니치'라는 부르는 것이 일반적이다(원서에서도 재일한국인, 재일조선인으로 혼용하고 있지만 자이니치를 가장 많이 쓰고 있다). '일본에 있는' 외국인을 대표할 만큼 한반도

출신자가 많기 때문이겠지만, 이는 '재일조선인'의 줄임말이기도 하다. 한국 사회에선 북한이나 조총련(재일본조선인총연합회)을 절로 떠올리겠지만, 일본에서 '조센진(朝鮮人)'이란 단어는 '북조선'을 떠올리는 동시에 일제시대에 사용되던 차별 용어로 여겨져 피하려는 경향도 있다. '정치적으로 올바른' 입장에 따라 차별적인 용어를 사용하지 말자는 완곡어 운동의 일환인 셈이다. 그렇지만 그 뒤에 숨어 회피하기보다는 차별과 학대를 받은 이름을 그대로 드러냄으로써 원인을 기억하고 잘못을 시정하고 철폐하려는 입장을 지닌 이들은 '재일조선인'이라는 용어를 그대로 쓰기를 주장한다(추천의 글을 써주신 서경식 선생의 입장이 대표적이다). 나 역시 이러한 의견에 동의하지만, 이 책에서는 혼동을 줄이기 위해 중립적인 언어로 최근 재일조선인 사회에서도 많이 사용하는 '재일코리안'이라는 말을 택했다.

2013년 서울대학교 미술관에서 열린 'Re:Quest—1970년대 이후의 일본 현대 미술' 전시의 부대행사로 마련된 아티스트 토크에서 대담자로 만났던 다카미네 다다스에게 《재일의 연인》을 한국어판으로 내고 싶다고 제안했다. 2014년 2월에는 미술 잡지 〈경향 아티클〉의 '기어코 우리에게 도달하려는, 번역되지 않은 예술 관련 책'이라는 특집에 이 책을 소개하면서 번역을 약속했던 일을 다시금 떠올렸다. 저자는 한국어판 출간이 꿈이었다고 말했지만, 내게도 잘 해내고 싶은 숙제 같던 일이었다.

점점 어려워지는 출판 환경 속에서도 이 책을 선뜻 맡아 준 한권의책에 감사의 마음을 전한다.

2015년 9월 최재혁

재일의 연인
내가 대답해야 할 또 하나의 이유

초판 1쇄 인쇄 2015년 10월 1일
초판 1쇄 발행 2015년 10월 7일

지은이 다카미네 다다스
옮긴이 최재혁
펴낸이 김남중
편 집 한홍
디자인 씨오디

펴낸곳 한권의책
출판등록 2011년 11월 2일 제25100-2011-317호
주소 03968 서울시 마포구 성미산로 29-1 성일빌딩 401호
전자우편 knamjung@hanmail.net
종이 월드페이퍼   인쇄·제본 현문인쇄

값 16,500원   ISBN 979-11-85237-25-1 03830

「이 도서의 국립중앙도서관 출판예정도서목록(CIP)은 서지정보유통지원시스템
홈페이지(http://seoji.nl.go.kr)와 국가자료공동목록시스템(http://www.nl.go.kr/kolisnet)에서
이용하실 수 있습니다. (CIP제어번호: CIP2015024981)」

⟨